Christina Bacher

Amuse Gueule

Christina Bacher

Amuse Gueule

Kriminalroman

Genuss krimi bei KSB

Bibliografische Information der Deutschen Nationalbibliothek
Die Deutsche Nationalbibliothek verzeichnet diese Publikation in der Deutschen Nationalbibliografie; detaillierte bibliografische Daten sind im Internet über www.dnb.de abrufbar.

Die geschilderte Handlung ist frei erfunden. Eventuelle Ähnlichkeiten mit lebenden oder bereits verstorbenen Personen sind zufälliger Natur.

Herzlichen Dank an den Leinpfad Verlag für die Verwendung der Rezepte aus dem Buch ›Pfälzer Tapas‹ von Gina Greifenstein.

1. Auflage 2014

Umschlaggestaltung: Atelier Reichert, Stuttgart
Umschlagabbildung: © Christina Bacher, Unterhammer/Pfalz
Druck und Bindung: GRASPO CZ, Zlin
ISBN 978-3-945195-27-7
Originalausgabe
www.genusskrimi.de

Immer, wenn der kleine schwarze Kater ihr um die Beine strich, bekam Karla Mannweiler eine Gänsehaut. Ungewöhnlich, dass ihr in diesen Zeiten überhaupt jemand freiwillig so nahe kam. Auch, wenn der kleine Schumann ein Tier war und kein Mensch, bedeutete ihr das ungemein viel. Oder vielleicht gerade deshalb, weil es sich bei ihrem neuen kleinen Freund um ein Lebewesen ganz ohne Vorurteile handelte. Der Kater schien ihr zu vertrauen, ein schönes Gefühl. Er konnte ja nicht wissen, dass Karla zurzeit eine der meist gefürchtetsten Frauen in der Pfalz, wenn nicht des ganzen Landes, war: Man warf ihr nicht nur Mord vor, sondern unterstellte ihr dabei eine selten da gewesene Skrupellosigkeit. Für viele ihrer Mitinhaftierten reichte das bereits, um sie zu einem Monster abzustempeln. Obwohl das Gerichtsverfahren noch lange nicht abgeschlossen und ihre Schuld ja noch gar nicht bewiesen war.

Viele hier wussten, dass sie die Tochter von Amalie Mannweiler aus dem ›Amuse Gueule‹ war – dem einzigen Edel-Restaurant in dieser Region, das in den Achtzigerjahren sogar mal mit einem Stern ausgezeichnet worden war. Die Zeitungen waren voll gewesen mit Artikeln von Karlas spektakulärer Verhaftung. Und man machte sie letztlich verantwortlich für den plötzlichen Tod ihrer Mutter. Das setzte Karla vor allem zu. ›Mutter-Mörderin‹ oder ›Henkersmahlzeit am Unterhammer‹ waren noch die harmlosesten Schlagzeilen, die sie in ihren Träumen verfolgten.

Karla reichte dem immer lauter schnurrenden Tier ein Stückchen Fleisch, das sie von ihrem Mittagessen abgezweigt, in ein Taschentuch gewickelt und schließlich in ihrer Kitteltasche in den Innenhof des Gefängnisses geschmuggelt hatte. Schumann widmete sich jetzt genüsslich dem Stück Braten, schaute dabei hin und wieder mit grünen Katzenaugen die Spenderin an – einfach dankbar, dass es sie gab.

»Lass es dir schmecken, Kleiner«, sagte sie und streichelte ihn behutsam, um ihn nicht beim Essen zu stören. »Liebe geht eben durch den Magen. Wer sollte das besser wissen, als ich.« Für einen flüchtigen Moment übermannte sie ein wohliges Gefühl,

weil sie das Tier so zufrieden schmatzen hörte. Und plötzlich waren sie wieder ganz lebendig, die Erinnerungen an ihr altes Leben, das ja noch gar nicht lange zurücklag. Wie wäre es wohl verlaufen, wenn sie nicht wieder in die Pfalz zurückgekehrt wäre?

Wie so häufig in letzter Zeit schweiften Karlas Gedanken zurück zu dem nass-kalten Apriltag, der eigentlich ganz normal begonnen hatte: Auf ihrem Schreibtisch in ihrem Kölner Büro türmten sich offene Rechnungen, Notizen ihrer Kollegin Sarina und unzählige Anfragen von Menschen, die sie noch zurückrufen musste. Sie erinnerte sich noch an jedes Detail: Zunächst hatte sie den Kopf in die Hände gelegt und das Telefon einfach klingeln lassen. Erst nach einigen Minuten, als der hartnäckige Anrufer nicht aufgeben wollte, hatte sie den Hörer abgenommen.

***

Meine größte Angst ist die, dass ich sie irgendwann vergessen haben werde. Ich würde alles dafür tun, dass das nicht passiert! Eine Mutter vergisst man doch nicht, man bewahrt sich ihr Antlitz im Herzen und ihren Duft für immer in der Nase. Ich habe große Angst davor, dass die Kleider im Schrank ihren Geruch nicht mehr lange konservieren können und die Parfümflasche bald endgültig verdunstet sein wird, die noch im Bad steht. Die Angst ist vollkommen berechtigt: Ich habe ja schon den besonderen Ausdruck ihrer Augen verloren, wie sie mich anschaute, als ich klein war. Und ich habe nahezu vergessen, wie sie aussah, wenn sie aus vollem Herzen lachte. Es ist dreiundvierzig Jahre her, dass sie durch eine enorm hohe Dosis Gift starb. Selbstmord war es nicht, obwohl das in ihrer Akte steht. Sie hätte mich nie alleine gelassen, ich war ja erst sieben Jahre alt – dessen bin ich mir sicher. An dem Tag, an dem man sie tot in dem Strandkorb mit der Nummer 886 auf Höhe des Kurhotels gefunden hat, ist auch ein Teil von mir gestorben. An die ersten Stunden und Wochen nach ihrem Tod habe ich kaum noch Erinnerungen. Zu viele quälende Fragen, eine fremde Familie, dann die große Einsamkeit.

Vielleicht hätte ich ihren Tod eher verstanden, wenn ich sie noch einmal hätte sehen dürfen. So haderte ich all die Jahre und dachte bei jedem Klingeln an der Tür, dass sie es ist, die zurückkehrt. Vielleicht deshalb habe ich Juist nie verlassen – bis zu dem Tag, an dem man mir sagte, dass ich selbst bald sterben würde.

Für mich gab es noch eine Sache im Leben zu Ende zu bringen: Ich musste Mutters beste Freundin ausfindig machen, die mit ihr die letzten Stunden verbracht und sich damals so eilig aus dem Staub gemacht hat. Tief in meinem Inneren habe ich es immer gewusst, dass Amalie Mannweiler Mutters frühen Tod verschuldet hat, aber mir fehlte Gewissheit. Ich wollte nicht von dieser Welt gehen, ohne zu wissen, was in dieser Nacht tatsächlich passiert ist. Wie ein Schreckgespenst ist Amalie Mannweiler all die Jahre durch meine Träume gewandert. Ich musste sie zur Rede stellen – jetzt! Bevor es für mich zu spät war ...

***

Karla erreichte der Anruf aus der Westpfalz-Klinik in einem ausgesprochen ungünstigen Moment. Naja, eigentlich gab es ja keinen idealen Augenblick, um zu erfahren, dass die Mutter mit einem komplizierten Armbruch im Krankenhaus liegt. Während Karla also den Schreibtisch voller Rechnungen und den Kopf voller Dinge hatte, die sie noch erledigen musste, platzte diese unfreundliche Krankenschwesternstimme mit ihrer Hiobsbotschaft in ihren Tag: Amalie Mannweiler sei doch ihre Mutter? Dann solle sie doch bitte ganz schnell nach Kaiserslautern ins Krankenhaus kommen, wo die alte Dame in der nächsten Stunde operiert würde. Gefallen sei sie, die große Stiege im Haus hinunter.

»Wer hat sie gefunden?« Karla merkte, wie sich ihr Bauch vor Sorge verkrampfte. Mutter kannte doch kaum noch Leute, fast alle Freunde waren in den letzten Jahren verstorben oder in ein Altersheim umgezogen.

»Sie hat die 112 gewählt. Pfiffig ist sie ja.« Offenbar hatte die Schwester Wichtigeres zu tun, als mit den Töchtern ihrer

Patientinnen Plauderstündchen abzuhalten. Karla überlegte, warum Malchen in dieser Notsituation nicht gleich sie – ihre einzige Tochter – verständigt hatte. Waren sie sich tatsächlich in den letzten Jahren so fremd geworden?

»Wann können Sie also da sein?« Die Krankenschwester hatte offenbar keine Zeit für Geplänkel.

»Ich brauche ungefähr drei Stunden bis Kaiserslautern«, sagte Karla zögerlich und schielte seufzend auf ihre To-do-Liste: Gerade hatte sie einen großen Auftrag für ein Catering reinbekommen und musste sich zudem schnell um Ersatz für eine kranke Aushilfe im Service bemühen, sie musste noch zwei Kostenvoranschläge für Großevents abgeben und hatte am Abend ein viel versprechendes Blind Date, das es jetzt abzusagen galt. Ausgerechnet Genussmensch68, mit dem sie seit Wochen chattete und auf den sie nach den ersten stundenlangen Telefongesprächen schon so unglaublich gespannt gewesen war. Ihre Hoffnung, mit zweiundvierzig Jahren noch eine Großfamilie gründen zu können, schwand täglich dahin. Aber wenigstens einen Freund könnte das Schicksal ihr nach den zwei gescheiterten Beziehungen doch gönnen. Sarina hatte sie überredet, sich auf einer Dating-Plattform anzumelden. Bislang allerdings ohne Erfolg.

»Station zwei, Zimmer fünf«, sagte die Frau. Und legte nach einer knappen Verabschiedung auf. War das nicht gefährlich, eine Operation bei einer über Siebzigjährigen durchzuführen? Welche Risiken gab es? Und was bedeutete das für das Restaurant, das ihre Mutter nach wie vor an den Wochenenden und auf Bestellung öffnete? Ihre berühmten Amuse Gueules, die es sogar seinerzeit in zahlreiche Feinschmecker-Magazine geschafft hatten, fertigte die Chefin in dem gleichnamigen Restaurant immer noch selbst. Den berühmten ›Gruß aus der Küche‹ würde sie sich nie nehmen lassen.

Karla schnappte sich Laptop und Handtasche und machte sich auf den Weg. Sie würde erst nach Hause gehen müssen, um das Nötigste zu packen. Schon wieder klingelte das Telefon, der Anrufbeantworter sprang an. »EAT LOCAL ist für Sie ganz in der Nähe unterwegs. Wir rufen so bald wie möglich zurück ...«, kam ihre eigene Stimme vom Band.

»Hallo, äh, hier ist Timo. Also eigentlich Genussmensch68, also ich heiße ja in echt Timo. Wollte fragen, wann wir uns heute Abend treffen. Ruf mich doch bitte zurück.«

Karla schloss hinter sich zwei Mal ab. Sicher war sicher. Sie konnte sich gar nicht erinnern, dass sie dem Typen ihre Telefonnummer im Büro gegeben hatte.

***

Am Kaiserslauterer Hauptbahnhof zog es wie Hechtsuppe und Lars Becht knöpfte seinen Mantel mit klammen Fingern bis ganz unten zu. Er schlug den roten Schal ein weiteres Mal um den Hals. Der Zug hatte wieder mal Verspätung. Wie eigentlich fast immer.

»Auf Gleis zwei hat jetzt Einfahrt die Regionalbahn aus Mannheim. Vorsicht bei der Einfahrt«, selbst die Stimme der Ansagerin klang verschnupft.

Lars reckte den Kopf. Obwohl er groß gewachsen war und den Bahnsteig ganz gut übersehen konnte, war Holly für ihn einfach immer zu klein und zu flink. Wie oft war sie ihm direkt nach dem Aussteigen aus dem Zug zuerst einmal in der Menschenmenge entwischt und hatte ihn dann kichernd von hinten erschreckt. Lars merkte, wie die Vorfreude auf das Wiedersehen mit der Tochter stieg. Er vermisste sie im Alltag manchmal so sehr, dass er sich am liebsten ins Auto setzen und zu ihr fahren wollte. Doch die Vereinbarung mit seiner Ex-Frau war klar und deutlich: Nur alle vierzehn Tage durfte Lars das Wochenende mit der Tochter verbringen, ansonsten lebte die Achtjährige in Mannheim bei der Mutter. Umso schöner, dass am morgigen Freitag schulfrei war und Holly diesmal einen Tag länger bleiben konnte.

»Paaaapaaaaa!«, ertönte ihre Stimme, er sah die weit geöffneten Arme und das freudige Strahlen in dem Kindergesicht. »Hallo Daddy!«

Lars ging in die Knie, fing seine Tochter auf und wirbelte sie mehrmals herum. Die Frau von der Bahnhofsmission räusperte sich kurz, Lars hatte sie bisher gar nicht beachtet. Jetzt gab er ihr die Hand.

»Sie müssen sich noch ausweisen, sonst kann ich ihnen das Kind nicht rausgeben«, sagte sie und betonte, dass sie ihre Aufgabe, Trennungskinder mit der Bahn von A nach B zu begleiten, sehr ernst nehme. »Da könnte ja sonst jeder kommen und sich eins aussuchen.«

Lars zog etwas umständlich den Ausweis hervor, zeigte ihn vor und unterschrieb die Übernahme von Holly auf einem Formular. So würde er sie am Sonntag auch wieder in fremde Obhut abgeben müssen.

Dem Mädchen schienen die Formalitäten gar nichts auszumachen, sie verabschiedete sich knapp bei der Frau, schnappte sich Lars' Hand und plauderte auf dem Weg zum Auto fröhlich vor sich hin. Was es in der Schule Neues gegeben und wer sie wieder geärgert habe, dass sie noch Hausaufgaben machen müsse und einen Riesenhunger habe. »Sooooo einen Hunger, Papa!«, sagte sie und zeigte in die Luft, reckte die Arme so hoch sie konnte.

»Da habe ich ja genau das Richtige mit dir vor«, er schaute sie spitzbübisch an und zog geheimnisvoll die Augenbrauen nach oben.

»Was denn? Gehen wir zu Mäckes was essen oder so?« Holly hüpfte vor Freude und ihr brauner Zopf gleich mit. Hoch und runter, immer wieder.

»Nein«, lachte Lars. »Lass dich überraschen.«

Diesmal hatte er sich für Holly etwas Besonderes überlegt: Er würde mit ihr zum Forellenhof fahren, wo sie das ganze Wochenende bei Opa Anton verbringen würden. Holly liebte ihren Großvater, der zwanzig Kilometer vor Kaiserslautern in einem abgelegenen Haus lebte und dort seinen kleinen Gasthof aufgrund seines Alters mehr recht als schlecht führte. Seit kurzem überlegte Lars, ob er als Geschäftsführer mit einsteigen sollte. Sein Vater war mehr und mehr gebrechlich und er stand sowieso vor einer beruflichen Neuorientierung. Als Geschäftsführer einer Fast-Food-Kette drängte er schon lange zu neuen Ufern. Das Gefühl, dort seine Seele zu verkaufen, wurde Jahr um Jahr größer. Dennoch durfte es bei ihm nicht nur um Liebhaberei und Selbstverwirklichung gehen. Er musste nicht nur für sich, sondern auch für den Lebensunterhalt seiner Ex-Frau und seiner Tochter Kohle beischaffen. Ob der Forellenhof jemals wieder so viel abwerfen würde, dass man davon leben konnte?

»Wir machen einen Wochenendausflug zu Opa Anton«, ließ er die Überraschung platzen, als sie die waldige Strecke aus der Stadt hinaus in Richtung Trippstadt fuhren. Draußen flog die Natur vorbei, Seen und hohe, schon leicht grüne Bäume.

»Yippiiiieh!«, rief Holly.

Auf sie warteten nicht nur ihre Lieblingsgerichte, sondern auch der beste Spielplatz der Welt: der Pfälzer Wald.

***

Als Karla sich in den kalten Wagen setzte, wurde ihr ganz schwindelig. Sie schloss die Augen und wartete den plötzlichen Schwächeanfall ab. Sie hatte heute über der Arbeit wieder vergessen, etwas zu essen. Das passierte ihr in letzter Zeit immer häufiger. Sie holte aus der kleinen Reisetasche auf dem Beifahrersitz die letzte Notration Zartbitter-Schokolade und riss ungeduldig die Verpackung auf, dann stopfte sie sich die kleinen Vierecke in den Mund. Genuss war anders, doch der Zucker tat seine Wirkung. Dann startete sie den Motor, parkte behutsam aus der kleinen Parklücke aus und fuhr runter zum Kölner Ring, gen Süden. Zwei Stunden, vierzig Minuten zum Zielort, teilte das Navi monoton mit. Wenn sie in Kaiserslautern ankam, würde ihre Mutter die Operation sicher schon hinter sich haben. Hoffentlich würde die alte Frau den Eingriff und die Vollnarkose gut überstehen. Es war das erste Mal, seit Karla denken konnte, dass ihre Mutter überhaupt außer Gefecht gesetzt war. Als Chefin eines Restaurants hatte sie sich sowieso nie eine Auszeit erlauben können.

Karla kam trotz regennasser Straße gut voran. Es war immer derselbe blaue VW mit Kölner Kennzeichen, der hinter ihr her fuhr. Sie beobachtete das Auto ab und zu im Rückspiegel, ein Mann saß am Steuer. Als Karlas Handy klingelte, erschrak sie. Über die Freisprechanlage nahm sie das Gespräch an. Zum Glück war es nicht die Klinik, sondern Sarina.

»Hi Süüüße, ich bin's!«

Karla hatte ihr auf die Mailbox gesprochen, ob sie nicht für ein paar Tage die Vertretung bei EAT LOCAL übernehmen könne. Die Geschäftsidee hatten sie ja sowieso gemeinsam entwickelt und vor zwei Jahren für das Projekt Existenzgründung beantragt: Gesund essen mit Produkten aus der Region, dazu noch das Angebot von ungespritztem Fallobst zu kleinen Preisen samt Cateringservice für Großveranstaltungen.

»Hör mal, ich mache es kurz: Ist natürlich überhaupt kein Problem. Ich übernehme den Laden, bis du wieder da bist.«

Sarina war eine echte Freundin, die sie in der Not nie sitzen lassen würde. Das wusste Karla.

»Und wenn du heimkommst, hab ich noch 'ne kleine Überraschung für dich.«

»Du bist ein Schatz!« Karla war erleichtert. Auch, wenn sie für Überraschungen eigentlich so gar nichts übrig hatte. »Aber willst du mir die Neuigkeiten nicht jetzt schon verraten? Ich könnte ein bisschen Aufmunterung gebrauchen ...«

»Nix da. Muss jetzt auflegen«. Sarina saß offenbar schon am Computer und ging die Liste mit den Events der nächsten Tage durch. »Falls ich eine Frage habe, melde ich mich noch mal.«

Karla hörte Tastentippen und Papierrascheln. Obwohl Sarina von Anfang an eher im Hintergrund bleiben und als Kochbuchautorin durchstarten wollte, war sie mit allen Abläufen des Geschäfts bestens vertraut. Was sich gerade jetzt als großes Glück erwies.

»Sag deiner Mutter einen schönen Gruß und gute Besserung«, verabschiedete sich die Freundin, gut gelaunt wie immer.

Karla beobachtete, wie der blaue VW nun zum Überholen ansetzte. Hatte der Fahrer ihr eben etwa gewunken? Was war das denn für ein Spielchen? Ein Autobahn-Flirt – mal was Neues.

»Danke. Denke, ich bin spätestens Montag wieder da«, beendete Karla jetzt zügig das Gespräch. Aus einem seltsamen Impuls heraus, trat sie aufs Gas. Eine Weile lieferten sich beide Autos nun ein Rennen, einmal legte sie vor, dann wieder der andere. Der Mann am Steuer war nicht unattraktiv, wie es schien. Karla konnte ihn jedoch kaum durch die regennasse Scheibe sehen.

Im Radio spielten sie jetzt Jethro Tull, irgendwie erinnerte sie diese Musik an ihre Jugend, an die vielen trostlosen Sonntage in der Pfalz. Während ihre Freundinnen in der Tanzschule in Kaiserslautern abhingen, saß sie ohne Führerschein in dem weit abgelegenen Sandsteinhaus am Unterhammer wie in einer Festung und kam nicht weg. Oft gab es dann – wie zum Trost – Leckereien aus der Küche, weißer und roter Käs' oder gratinierte Weinbergpfirsiche. So konnte man sich Frustessen auch angewöhnen, hatte Karla später oft gespottet. ›Rocklandradio mit Hits aus der weiten, fernen Welt‹ – manche Dinge änderten sich offenbar nie.

***

Als Karla mit einem Blumenstrauß und Pralinen im Krankenhaus ankam und sich zu ihrer Mutter durchgefragt hatte, fand sie das Zimmer auf Station zwei zunächst mit leeren Betten vor. Erst auf den zweiten Blick erkannte Karla auf dem Nachttisch die Brille ihrer Mutter und vor dem Bett ihre alten, abgenutzten Hausschuhe. Karla hatte plötzlich ein ganz seltsames Gefühl im Bauch. Sie legte die Blumen auf den Nachttisch und machte sich auf dem langen Flur auf die Suche nach einer Krankenschwester. Sie merkte, wie ihre Anspannung wuchs, sie musste mit dem Schlimmsten rechnen. Ihre Mutter war alt, so eine Vollnarkose kein Pappenstiel. Im Personalraum am Ende des Ganges stieß sie schließlich auf einen Mann im Arztkittel, der gerade in eine Patientenakte vertieft war.

»Was ist mit ihr?« Karla war ganz außer sich vor Sorge und vergaß sogar in der Aufregung, sich bei dem Mann vorzustellen.

»Ich nehme an, Sie sind die Tochter von Amalie Mannweiler? Eine gewisse Ähnlichkeit ist ja vorhanden!« Er streckte ihr seine Hand entgegen. »Dr. Kai Kretschmer, freut mich.«

Nichts hier ließ auf einen Notfall im Operationssaal oder besondere Eile tippen, der Arzt war die Ruhe selbst. Er hatte ein umwerfendes Lächeln, das Karla unter anderen Umständen schachmatt gesetzt hätte. Auch, wenn er genau genommen ein paar Jahre zu jung für sie war.

Gratinierte Weinbergpfirsiche

6 Portionen / gut vorzubereiten

3 große, reife (Weinberg-) Pfirsiche
etwas Butter
50 g Gorgonzola
100 g Frischkäse
Pfeffer aus der Mühle

Die Pfirsiche mit kochendem Wasser überbrühen und die Haut abziehen. Die Früchte halbieren und die Kerne entfernen.
Den Backofen auf 200 °C vorheizen. Eine Auflaufform leicht buttern.
Den Gorgonzola in einer Schüssel mit der Gabel zerdrücken, den Frischkäse dazugeben und mit Pfeffer übermahlen. Alles gut vermischen. Masse in einen Spritzbeutel mit großer Sterntülle füllen, in die Pfirsichhälften spritzen und diese in die Auflaufform setzen. Im Ofen (Gas Stufe 3, Umluft 180 °C) 15 Minuten überbacken. Grillfunktion einschalten und 5 Minuten übergrillen, bis der Käse leicht bräunt.

TIPP: *Schmeckt auch mit Ziegenfrischkäse statt Gorgonzola.*

»Alles soweit gut verlaufen. Ihre Mutter befindet sich noch im Aufwachraum, müsste aber jeden Moment auf Station kommen.«

»Sie lebt?«, stammelte Karla.

»Sie hat die Operation gut überstanden, sie ist ja zäh.« Der Arzt lächelte freundlich. »Ein bisschen Ruhe und dann die Kur, dann wird sie wieder hergestellt sein. Vorausgesetzt, sie macht immer fleißig ihre Übungen.«

»Sie hat ein Restaurant zu Hause. Sie kann nicht einfach in Kur«, Karla ahnte in dem Moment, dass nach dem Unfall nichts mehr so sein würde wie zuvor.

Der Arzt lächelte sie jetzt mitleidig an. »Kaffee?«

»Wie bitte?«

Er zeigte auf einen Automaten. »Wenn Sie wollen, ziehen Sie sich einen Kaffee. Dann geht die Wartezeit schneller vorbei.«

Karla starrte ihn ungläubig an. Kaffee aus einem Automaten – sicher das Letzte, was sie jemals trinken würde. Aber der nette Doc konnte ja nicht wissen, dass er es mit einem Espresso-Fan zu tun hatte. »Nein, danke«, sagte sie, da war Kretschmer jedoch schon um die Ecke gebogen, offenbar um seine Visite anzutreten. Karla hatte jetzt schlechte Laune. Reha, Übungen, Kur – und wer sollte sich um das ›Amuse Gueule‹ kümmern? Sicherlich waren die Wochenenden schon bis Ende des Jahres ausgebucht – samstags war immer volles Haus, manche Gäste kamen aus ganz Deutschland in die Pfalz, nur, um bei Amalie zu essen. Manche sogar aus dem benachbarten Frankreich oder Luxemburg.

Karla riss die Packung Pralinen aus der Kölner Schokomanufaktur auf, die sie eigentlich ihrer Mutter hatte mitbringen wollen, und biss herzhaft in eine runde Kugel, die mit Nugat gefüllt war. Gleich danach warf sie die nächste ein, der Zitrone-Rosmarin-Geschmack hatte gegen Nugat keine Chance. Sie trat ans Fenster und schaute auf den Parkplatz hinunter. Da unten stand ihr alter Citroën, daneben ein blauer VW – Karla strengte ihre Augen an. Der VW hatte ein Kölner Kennzeichen. Genau so ein Auto hatte sie doch in weiten Strecken auf der Autobahn begleitet. War das nicht ein seltsamer Zufall?

»Karla?«
Die vertraute Stimme ließ sie herumschnellen. Mutter war offenbar aus der Narkose aufgewacht und wurde gerade von zwei Pflegern auf einer Liege aus dem Aufzug geschoben. Karla schluckte die Praline herunter. »Mama!« Sie nahm die knochige Hand, die ihr die Mutter entgegen streckte. So schwach sah sie aus. Klein und hilflos.

***

Warum ich überzeugt bin, dass meine Mutter keine Selbstmörderin ist? Weil sie mich, ihren Sohn, so sehr geliebt hat, dass sie mich nie im Stich gelassen hätte. Ich war ihr Ein und Alles, ihr Augenstern. Nach ihrem Tod kursierten viele Gerüchte auf der Insel: Dass sie nicht mehr habe leben wollen, seit mein Erzeuger sie nach einer Party vergewaltigt habe. Dass sie ihrem Leben habe ein Ende setzen wollen, weil man sie beim Juister Hof gekündigt habe. Dass ihre Mutter schon labil gewesen sei – alles Quatsch!

Gut, ich gebe zu, dass sie in den letzten Wochen vor ihrem Tod verschlossener war, auch mir gegenüber. Das stimmt schon.

Einmal saß sie am Küchentisch und weinte. Ich erinnere mich daran, auch, dass ich sie trösten wollte. »Was ist, Mama?«, habe ich sie gefragt und sie hat gesagt: »Mach dir keine Sorgen, Ludwig. Alles ist in bester Ordnung.« Dass es das nicht war, merkte selbst ich. Ich galt ja schon immer als leicht zurückgeblieben und naiv. Aber doof bin ich nicht. So bin ich auch ein Stück weit schuld am Tod meiner Mutter. Ich hätte für sie da sein müssen. Auch, wenn ich noch ein Kind war und nichts wusste vom Leben. Obwohl ich diese Ahnung hatte, habe ich sie nicht schützen können.

All die Jahre hat mich die immer gleiche Frage umgetrieben: Wie konnte ihr ohne eigenes Wissen eine tödliche Dosis Gift verabreicht worden sein und von wem? Tief in mir drinnen wusste ich, dass Amalie Mannweiler dahinter steckte. Mir fehlten für diese Theorie nur immer die Beweise. Und der Mut, sie mir zu besorgen. Bin ich Polizist? Privatermittler? Detektiv? Eigentlich wäre das doch deren Arbeit gewesen, oder etwa nicht? Ich bin doch nur Lungo, der Depp. Der alleingelassene Sohn, der Bettnässer und Hirni. Aber auch so einen erwischt es irgendwann, obwohl er schon genug gestraft ist: Ich habe das Hereditäre Angioödem, eine seltene Erbkrankheit. Sicher hat die mein unbekannter Vater in die Familie geschleppt, dieser Mistkerl. Ich habe immer häufiger Schwellungen im Gesicht, an Füßen und Händen, meine inneren Organe sind betroffen. Und ich habe schmerzhafte Magen-Darm-Krämpfe, in den Nächten habe ich oft das Gefühl keine Luft mehr zu bekommen. Dass ich HAE habe, das hat mir der Inselarzt bestätigt, nachdem ich letztens fast daran erstickt wäre. Und das ich ganz bald daran sterben werde. Ich habe nichts zu verlieren. Lange mache ich es nicht mehr. Es war also eilig, die alte Mannweiler aufzusuchen. Wenn nicht jetzt, dann nie. Seit ich mit der Frisia die Insel verlassen hatte, sagte mir mein Gefühl, dass ich meiner Mutter bald näher sein würde als all die Jahre zuvor. Wie immer war die Fähre voller Touristen – ich fiel also gar nicht weiter auf, als ich mich mit meinem Rucksack dazu gesellte. Gleich am Festland rief ich im ›Amuse Gueule‹ an und bestellte einen Tisch mit Drei-Gänge-Menü für Samstag. Ich war plötzlich aufgeregt wie vor einem ersten Date.

***

Holly hatte am Küchentisch Position bezogen, um auf Anweisung ihres Großvaters mit einem Messerchen Äpfel in kleine Stücke zu schneiden. Anton Becht dagegen rührte den Teig für Hollys Leibgericht an, er hatte ihr Kartoffelpfannkuchen mit Apfelmus und Zucker und Zimt versprochen. Lars beobachtete die beiden vom Sofa aus und konnte eine gewisse Rührung nicht unterdrücken. Es war so schade, dass sich Großvater und Enkelin so selten sahen.

»Opa«, sagte Holly.

»Ja?« Anton Becht setzte die Pfanne auf den Herd und ließ ein bisschen Fett ein.

»Woran ist Oma Margrit gestorben?« Holly schnitt weiter an ihrem Apfel herum, schaute nicht mal hoch. Doch in ihrer Stimme lag diese Ernsthaftigkeit, die Lars schon immer beeindruckt hatte.

»Hm, sie war sehr krank«, Anton Becht fiel es offenbar immer noch schwer, darüber zu sprechen.

»Was hatte sie denn?«, fragte Holly unbekümmert.

»Sie ist letztlich an einer Immunschwäche gestorben«, sagte Anton Becht tonlos.

»Verstehe«, sagte Holly so, als habe sie mehr Wissen gepachtet, als man einem Kind gemeinhin zutraut. »Ich würde mal gerne Fotos von ihr sehen. Hast du welche, auch von meinem Papa, als er noch klein war?«

Anton Becht knurrte irgendetwas Unverständliches. Ihm war das Thema sichtlich unangenehm, er wühlte ungern in der Vergangenheit. Doch Lars wusste, dass Holly so lange keine Ruhe geben würde, bis sie die Bilder gesehen hatte. Sie war von klein auf so gewesen und hatte diese Durchsetzungsfähigkeit inzwischen sogar noch perfektioniert. Ob sich der Großvater seiner Enkelin gegenüber mehr öffnen konnte, als er es seinem Sohn gegenüber vermocht hatte? Vielleicht war sie eine Art Türöffner für sein altes, gebrochenes Herz. Lars hüstelte, er wollte nicht den Eindruck erwecken, dass er sie belauschte.

»Na, ihr beiden. Fleißig?«

»Lars, du weißt doch, wo unsere alten Fotoalben sind. Hol doch mal eins, dann schauen wir es uns nach dem Abendessen an«, sagte Anton Becht, ohne mit der Wimper zu zucken. So, als bitte er den Sohn, Getränke aus dem Keller zu holen.

»Klar, mach' ich«, antwortete dieser, doch in ihm rumorte es: Seit Mutters Tod hatten sie die Fotos aus glücklichen, vergangenen Zeiten nicht mehr gemeinsam angesehen.

Andächtig stieg Lars nun die steile Treppe hinauf. Hier war früher der Hauswirtschaftsraum seiner Mutter gewesen, hier hatte sie auch ihre persönlichen Dinge aufbewahrt. Jetzt wurde der Raum nur noch als Gästezimmer genutzt. Manchmal, wenn sich Lars in dem Zimmer aufhielt, fühlte er sich wieder wie der kleine Junge, der seiner Mutter stundenlang beim Bügeln zusah oder sich in ihrem Schoß vergrub, wenn er traurig war. Auch jetzt hatte er einen Kloß im Magen, ein seltsames Drücken im Hals. Der frühe Tod seiner Mutter schmerzte ihn noch immer. Vielleicht aber ja auch deshalb, weil er nie mit seinem Vater darüber hatte sprechen können. An dieser Verschlossenheit, so mutmaßte er, war auch letztlich seine Ehe gescheitert. Auch aus diesem Grund hatte seine Tochter verdammt noch mal ein Recht darauf, diesen Teil der Familiengeschichte zu erfahren.

***

Erschrocken starrte Lars auf den verbeulten Schuhkarton und dessen Inhalt, der sich vor seinen Füßen entleert hatte. Jede Menge Briefe und Postkarten lagen kreuz und quer im Raum herum. Mist! Er hatte ja nicht ahnen können, dass auf den verstaubten Alben auch noch andere Dinge gelagert waren. Mit einem lauten Poltern war ihm dieser schwere Schuhkarton zunächst an die Schläfe gedonnert und dann auf den Boden. »Autsch.«

»Alles klar da oben?«, rief sein Vater aus der Küche.

»Ja, ja«, Lars sammelte rasch alles ein.

Die Briefe waren an seinen Vater adressiert. Im Grunde genommen gingen sie ihn nichts an, aber neugierig war er jetzt schon. Er schnappte sich eine Postkarte aus dem Stapel, die auf Juni 1970 datiert war: ›Lieber Anton, ich hüte unser Geheimnis wie meinen Augapfel und wollte mich eigentlich an die Abmachung halten, dir nichts Persönliches von hier zu schreiben. Doch jetzt zwingen mich die Ereignisse zu einer Planänderung. Ludwigs Mutter braucht uns, sie ist bereit zu sterben‹, stand da in schwungvoller Schrift. ›In Liebe, M‹.

Lars war plötzlich ganz aufgeregt. Wer war die Briefeschreiberin, die ihren Namen lediglich mit einem M abkürzte? Stand das für Margrit, seine Mutter? Das konnte nicht sein, sie hatte seinen Vater ja erst 1972 auf der Mai-Kerwe in Trippstadt kennengelernt. Im März darauf war er dann geboren, Lars. Auch die anderen Briefe stammten von derselben Briefeschreiberin, offenbar einer Frau, der Schrift zufolge. Das Poltern auf der Treppe unterbrach seine Gedanken. Zunächst schwere, langsame Schritte

Kürbis-Frittata

8 Portionen / gut vorzubereiten

200 g Fruchtfleisch vom Hokkaido-Kürbis
1 große Zwiebel
1 Knoblauchzehe
½ Bund Dill
5 EL Öl
5 Eier
2 EL grob geraspelter Parmesankäse
Salz, Pfeffer, Curry, Chilipulver

Den Kürbis zerteilen, Kerne entfernen und so viel davon schälen, bis man 200 g Fruchtfleisch erhält. Das Kürbisfleisch mit der Gemüsereibe grob raspeln. Die Zwiebel schälen, halbieren und in dünne Scheiben schneiden. Die Knoblauchzehe schälen und klein hacken. Den Dill waschen, trocken schütteln und fein hacken.
3 Esslöffel Öl in einer Pfanne erhitzen und die Kürbisraspeln darin anbraten. Zwiebel, Knoblauch und Dill zufügen und kurz mitschmoren. Die Eier in einer großen Schüssel verquirlen und die Kürbismasse dazugeben. Mit Salz, Pfeffer, Curry und Chilipulver abschmecken.
Das restliche Öl in der Pfanne erhitzen. Die Kürbis-Eimasse hineingießen und glatt streichen. Bei schwacher Hitze in 8–10 Minuten stocken lassen. Wenn die Unterseite braun wird, die Frittata mithilfe eines Tellers wenden. Weitere 5 Minuten braten. Aus der Pfanne nehmen und in 8 Tortenstücke schneiden. Mit Dillzweigen dekorieren.

und dann ungestüme, leichte hinterher. »Dann kümmern wir uns eben einfach selbst darum, nicht wahr, Holly?«

»Ja, Opa. Genau! Der Daddy ist sooo lahm.«

Lars musste jetzt schnell sein, um das Chaos hier zu beseitigen. Die Postkarte steckte er rasch in die Hosentasche, den Rest stapelte er in den Karton und stellte ihn zurück auf den Schrank. Ein Gefühl sagte ihm, dass er diese Briefe besser nie gefunden hätte. Sie rührten an einer Sache, die ihm auf Anhieb nicht geheuer war. Warum hatte er von einer alten Liebe nie etwas erfahren?

»Wo is'n jetzt das Album?« Holly betrat das Zimmer. »Papa, du bist auch nicht mehr der Schnellste, echt!«

***

»Du hast Schokolade am Mundwinkel, Liebes«, Amalie Mannweiler sah müde aus, sicher hatte ihr die Narkose sehr zugesetzt. Aber ihre Augen waren wie eh und je die eines jungen Mädchens, das eine Menge Schabernack im Kopf hat. »Hast du noch was übrig davon? Ich habe langsam einen Riesenhunger.«

Karla nickte, die Krankenschwester warf ihr einen missbilligenden Blick zu. Wahrscheinlich durfte die Patientin jetzt noch gar nichts zu sich nehmen. Doch Malchen hatte sich noch nie an Regeln gehalten, die würden hier noch Spaß mit ihr bekommen, dachte Karla.

Die Mutter strahlte sie an. »Es ist gut, dass du da bist. Es muss ja weiter gehen.«

Was meinte sie damit? Karla beschloss, der frisch Operierten keine unnötigen Fragen zu stellen. Sie müsse geschont werden, hatte die Schwester ihr zugeraunt und ihr für heute nur fünf Minuten Besuchszeit zugestanden.

»Ist doch selbstverständlich, Mama«, sagte Karla. »Ich fahre jetzt zu dir nach Hause und schaue nach dem Rechten. Brauchst du etwas, das ich dir morgen von dort mitbringen kann?«

Die alte Frau schüttelte energisch den Kopf. »Außer ein paar vernünftigen Leckereien fehlt es mir hier an nichts. Schau mal, ob noch gebackene Feigen in Rieslingschaum da sind. Oder

Kürbis-Frittata. Aber du«, sie zeigte auf ihren Spind, »brauchst den Einkaufszettel für Samstag. Ich habe noch schnell vor der Operation alles aufgeschrieben, was du einkaufen musst. Es sind drei Menüs vorbestellt, zwei Forellen. Die holst du bei Anton drüben im Forellenhof. Spezialwünsche stehen zu Hause im Reservierungs-Buch. Einer von denen isst glaube ich vegan, der andere hat Laktose-Intoleranz. Ja, so ist das heute. Jedem Tierchen sein Pläsierchen.«

Karla konnte es nicht fassen, dass ihre Mutter sogar in dieser Situation nur an ihre Gäste dachte und sie, wie selbstverständlich, einspannte. Manche Dinge änderten sich offenbar nie.

»Mutter, ich ...«, Karla zögerte und nahm dann seufzend den dicht beschriebenen Einkaufszettel an sich. Auch, wenn sie das Restaurant ihrer Mutter schon früher als Klotz am Bein empfunden hatte, musste sie heute zugeben, dass sie ihm doch eine Menge verdankte: EAT LOCAL, ihr eigener Laden, profitierte von dem Wissen, das sich Karla in ihrer Kindheit und Jugend im Service und in der Küche des kleinen, feinen Restaurants angeeignet hatte.

»Nimm dir meinen neuen Schlüssel mit, ich habe das Schloss vor Kurzem auswechseln lassen«, die alte Frau war geistig voll auf der Höhe, wie es schien. Sie dachte ja an jedes Detail!

»Warum das denn?«, fragte Karla überrascht. Früher hatten die Mannweilers die Haustür sogar immer unverschlossen gelassen, nicht selten standen deshalb auch schon mal unangemeldete Besucher in der Küche, oft Wanderer aus dem nahen Naturfreundehaus auf der Suche nach einer Toilette. Die Zeiten hatten sich offenbar geändert.

»Es hat einen Einbruch gegeben, vor einer Woche – nichts Dramatisches. Die Diebe sind durch den Flur rüber in die Gaststube. Wahrscheinlich Vagabunden auf der Suche nach Essen und Kleingeld. Aber da sie meine Handtasche mitgenommen haben, haben sie jetzt auch den Hausschlüssel. Da dachte ich, sicher ist sicher ...«

Karla schnappte sich den Schlüsselbund. »Deine Tasche hing im Flur? Das heißt, du warst zu Hause, während die Einbrecher ...?«

Malchen nickte schwach. »Ich habe den Einbruch einfach verschlafen. Und sonst haben sie nichts mitgehen lassen. Ich besitze ja nichts von wert. Außer vielleicht ein paar Trüffel in der Speisekammer. Die sind aber noch da.«

»Kein Gourmet also, der Dieb«, bemühte sich Karla um einen Witz.

»Nein, eher ein Banause.«

Plötzlich stand die Krankenschwester im Zimmer, sie schien verärgert und Karla erkannte sofort die ruppige Schwester, die sie am Morgen mit ihrem Anruf aus der Arbeit gerissen hatte. »Ich muss sie jetzt wirklich bitten, den Besuch zu beenden. Die Patientin braucht Ruhe.«

Zuerst Stress machen, und dann die Besucher schnell wieder rauswerfen – klasse! Karla konnte sich gerade noch einen bissigen Kommentar verkneifen. Sie drückte ihrer Mutter noch mal zum Trost die Hand, diese umfasste ihr Handgelenk, so, wie sie es früher immer getan hatte.

»Koch dir mal heute Abend was Ordentliches. Du bist ja so dünn geworden.« Amalie Mannweiler schaute sie eindringlich an und Karla entzog ihr ihre Hand. »Ich sag ja immer, dass wir in der Pfalz das beste Essen überhaupt haben. Die Kölner dagegen ...«

»Ist ja gut, Mama.«

»Ich habe jede Menge Köstlichkeiten in der Speisekammer. Greif nur zu, Liebes«, sagte Amalie und machte plötzlich einen recht erschöpften Eindruck. »Herzlich willkommen daheim!«

***

Karla fühlte sich zunächst fremd an dem Ort, wo sie fast zwanzig Jahre zu Hause gewesen war. Sie war der von Bäumen umsäumten Karlstalstraße in Richtung Unterhammer gefolgt und schließlich in die Einfahrt des etwas im Wald versteckten Grundstückes eingebogen. Dort blieb sie noch einige Minuten im Wagen sitzen, um sich zu vergegenwärtigen, dass sie am Ziel angekommen war. Draußen wurde es schon dunkel, nur ab und zu fuhr ein Auto die Schnellstraße entlang und warf einen Lichtkegel über das bewaldete Tal.

Mini-Fleeschknepp in Meerrettichsoße

ca. 10 Portionen / gut vorzubereiten

Für die Knepp:
500 g gemischtes Hackfleisch
½ Bund Petersilie
1 Ei
4–5 EL Semmelmehl
Salz, Pfeffer
1 Prise Muskat
1 l Fleisch- oder Gemüsebrühe

Für die Meerrettichsoße:
3 EL Butter
3 EL Mehl
400 ml Milch
3 EL Sahnemeerrettich aus dem Glas
Salz, Pfeffer

Für die Deko: 1 große Karotte

Für die Fleischklößchen das Hackfleisch in eine Schüssel geben. Die Petersilie waschen, gut trocken schütteln und fein hacken. Mit dem Ei, dem Semmelmehl, Salz, Pfeffer und Muskat in die Schüssel geben. Alles gut durchkneten und kräftig abschmecken. Mit einem Teelöffel Teigmasse abstechen und mit feuchten Händen kleine Kugeln formen. Die Brühe in einem großen Topf zum Kochen bringen und die Klößchen darin 8–10 Minuten ziehen lassen, bis sie oben schwimmen. Mit einem Schaumlöffel herausnehmen und abtropfen lassen.
Für die Meerrettichsoße die Butter in einem mittelgroßen Topf schmelzen. Das Mehl zugeben und unter Rühren darin anschwitzen. Unter weiterem Rühren so viel Milch zugeben, bis eine sämige Soße entsteht. Den Meerrettich zugeben und mit Salz und Pfeffer abschmecken. Für die Dekoration die Karotte schälen und in ca. 6 cm lange Stücke schneiden. Diese der Länge nach in dünne Scheiben und dieses wiederum in dünne Streifen schneiden. Jeweils 3 oder 4 Klößchen in kleine Schalen geben und mit der Meerrettichsoße überziehen. Die Karottenstreifen darauf verteilen und heiß servieren.

TIPP: *Übrig bleibt eine kräftige Brühe, die sich vielseitig verwenden lässt.*

Über der Eingangstür des alten Herrenhauses knarzte das weiße Emailleschild mit der Aufschrift ›Amuse Gueule‹. Seit Karla denken konnte, hatten sich über das Knarzen schon viele beschwert und dennoch hatte offenbar keiner mal ein Tröpfchen Öl übrig gehabt. Der Putz bröckelte ab, die Klingel hing halb aus der Wand. Es sieht wirklich herunter gekommen aus, das alte Haus, dachte Karla. Eben so, als habe es die besten Jahre schon hinter sich. Schade drum. Immerhin hatte in dem im Jahre 1820 gebauten Gebäude mal die berühmte Familie Gienanth gelebt, die die Eisenindustrie im Karlstal maßgeblich vorangetrieben hatte – im Grunde also ein historischer Ort, der da langsam verfiel. Anfang des letzten Jahrhunderts war das Anwesen durch eine verlorene Wette – jedenfalls erzählte man sich das – in den Besitz von Karlas Großmutter Elfriede übergegangen, die es zu einem Restaurant hatte umbauen lassen.

Karla musste an eine verlassene Westernstadt denken. Vielleicht, weil etwas Morbides in der Luft lag: Dieses Restaurant würde es nicht mehr lange geben. Und dann würde der benachbarte Forellenhof im Finsterbrunnertal das alte Kopf-an-Kopf-Rennen doch gewonnen haben: Gourmetküche gegen gutbürgerliches Gasthaus. Frankophile Anmutung gegen handfeste Pfälzer Kost. Der Mannweiler-Clan gegen die Bechts, eine alte Fehde zweier Gastro-Betriebe, die unterschiedlicher nicht sein konnten.

Karla bemerkte erst jetzt, dass in der Wirtsstube Licht brannte. Sicher hatte ihre Mutter es als Warnung vor weiteren Einbrüchen brennen lassen.

Sie betrat das Haus und ging fröstelnd mit eingezogenen Schultern und noch im Mantel die Treppe hoch und stellte ihr Gepäck vor dem Bett, in ihrem alten Kinderzimmer im Obergeschoss, ab. Auch hier hatte sich nichts verändert: Die bunte 70er-Jahre-Tapete, die weiße Leinenbettwäsche von Großmutter Elfriede und auf dem Fenstersims ausschließlich Fotos von ihr, Karla – beim Eis essen, mit dem Nachbarsjungen am Bach, bei ihrer Einschulung.

Als Kind hatte Karla es genossen, über die Felder und Wiesen zu laufen, sich zwischen den Felsen zu verstecken oder an dem Bächlein zu spielen, das sich durch die mächtige Karlstal-Schlucht schlängelte. Als Teenager später hatte sie die Einsamkeit hier draußen gehasst. Vielleicht hatte sie sich deshalb heute eine Großstadt wie Köln als neues Zuhause ausgesucht. Nie wieder Einöde, hatte sie sich geschworen.

Karla trat ans Fenster und schaute raus in die Baumkronen – was für eine Stille. Sie ließ das Rollo hinunter und begab sich auf den weiteren Rundgang durch das Haus. Wehmütig dachte sie kurz an ihre Wohnung, die jetzt das ganze Wochenende verwaist sein würde.

Ein Blick auf ihr Handy zeigte ihr, dass sie hier nicht mal Empfang hatte. Gut, dass sie Genussmensch68 aus dem Krankenhaus noch eine zweite SMS geschickt hatte, dass ihr für das Date am Abend noch etwas dazwischen gekommen war. Darauf hatte er sich nicht wieder gemeldet, was sie leicht beunruhigte. »Ich sag's ja, Einöde«, seufzte sie.

Begann sie jetzt sogar schon mit sich selbst zu reden? Ihr Bauch knurrte, vielleicht vor Hunger. Immerhin einer hier im Haus, der Widerworte gab. Vielleicht sollte sie Mutters Rat befolgen und sich etwas Leckeres in der Küche zaubern. Mal sehen, was sich in der gut sortierten Speisekammer alles befand.

***

Auf dem Weg nach unten hörte Karla ein Geräusch. Abrupt blieb sie stehen und lauschte. Männerschritte, Räuspern – es kam eindeutig aus der Gaststätte. Waren die Einbrecher etwa an den Tatort zurückgekehrt? Sie unterdrückte den Impuls, sich zu verstecken. Sicher war ihr Kommen sowieso nicht unbemerkt geblieben, das Auto mit Kölner Kennzeichen stand ja gut sichtbar vor dem Haus. Karla ging mit angehaltenem Atem die Treppe hinunter, passierte den langen Flur und steuerte auf die Gaststube zu, da öffnete sich wie von Geisterhand die Tür. Ein groß gewachsener Mann mit wild abstehenden Haaren und einem großen Messer

kam im Stechschritt heraus und stand nun direkt vor ihr. Erschrocken stieß sie einen spitzen Schrei aus.
Karla hatte Lars Becht mindestens fünfzehn Jahre nicht gesehen. Der Junge aus der Nachbarschaft war zu Kindergartenzeiten ihre Sandkastenliebe gewesen, später aber waren sie getrennte Wege gegangen – er auf Wunsch seiner inzwischen verstorbenen Mutter in ein Internat und sie auf das nahe Gymnasium nach Kaiserslautern. Später waren sie sich immer nur alle paar Jahre zu Festtagen über den Weg gelaufen. Ohne viel Zeit für persönliche Gespräche, genau genommen auch ohne großes Interesse aneinander.

»Lars! Was machst du denn hier?«, fragte sie, immer noch starr vor Schreck.

Hatte nicht Malchen letztens am Telefon erwähnt, dass Antons Sohn nach seiner Scheidung wieder in die Pfalz zurückgekehrt sei und jetzt überlege, als Geschäftsführer im elterlichen Betrieb einzusteigen? Sie hatte die Befürchtung geäußert, dass der Forellenhof – der schon immer wegen seiner schlichten, guten Küche als Geheimtipp in der Region galt – mit noch ambitionierteren Gerichten und einem neuen Anstrich dem ›Amuse Gueule‹ vielleicht doch wieder Konkurrenz machen könne ...

Und jetzt stand Becht Junior vor ihr, der ehemals schmächtige, unscheinbare Junge war zu einem großen, gut aussehenden Mann herangewachsen. Die Jahre in Mannheim hatten ihm – trotz der gescheiterten Ehe – offenbar gut getan. Der Haken jedoch war das scharfe Küchenmesser in seiner Hand, das er auf sie gerichtet hielt. Sollte sie jetzt etwa die späte Rache treffen, dafür, dass sie ihn als Teenager einmal fies hatte abblitzen lassen? Sich mit ihren Freundinnen sogar mal über ihn lustig gemacht hatte? Doch Lars schien über dieses spontane Zusammentreffen genauso überrascht wie sie. Was aber, wenn er der Einbrecher war und die Abwesenheit der Hausbesitzerin hatte nutzen wollen? Karla bekam eine Gänsehaut. Sie wusste aus jahrelanger Fernseh-TATORT-Erfahrung, dass man mit Verrückten sprechen muss, um sie bei Laune zu halten oder um Zeit zu gewinnen, bis die Polizei eintraf.

»Schön, dich zu sehen. Wie geht es dir?« Sie warf einen Blick auf die bedrohliche Schneide, die gefährlich vor ihr glänzte.

»Oh, sorry. Wollte dich nicht erschrecken«, sagte er und legte das Messer auf den Telefontisch im Flur. »Mein Vater schickt mich, er hat ja einen Zweitschlüssel vom Haus. Wir haben morgen den Forellenhof voller Gäste und sein Tranchiermesser hat den Geist aufgegeben. Er meinte, Amalie würde ja zurzeit eh nicht kochen ...« Lars räusperte sich. »Wie geht's denn deiner Mutter?«

»Den Umständen entsprechend gut. Ich komme gerade aus dem Krankenhaus.« Karla war jetzt erleichtert, Lars kam mit guten Absichten. »Sie scherzt schon wieder.«

»Das passt zu ihr.« Lars fuhr sich verlegen durch seinen Wuschelkopf, dann schaute er sie etwas verlegen an. »Ja, dann ...«

Karla merkte jetzt, wie gut es ihr tat, mit Jemandem zu reden. Und dass sie sich doch mehr vor dem Abend alleine hier gegruselt hatte, als sie es sich hatte eingestehen wollen. Lars war ja offenbar ein ganz netter Gesprächspartner, außerdem der einzige Mensch weit und breit. Vielleicht sollte sie ihn fragen, ob er ihr wenigstens beim Abendessen Gesellschaft leisten würde? »Hunger?«, fragte sie.

»Und wie«, lächelte Lars.

»Ich könnte improvisierten und ›Hooriche‹ machen, wie meine Mutter früher. Lust drauf?«

Nach der Schule hatten sie manchmal gemeinsam nach der Schule in Mutters Küche gesessen und die legendären Kartoffelknödel mit brauner Butter und dickem Rahm verdrückt – manchmal hatte ihr Lars dabei Gesellschaft geleistet. Karla musste lachen. Mit einem Langhaarigen ›Hooriche‹ essen, das passte ja. Ihr Magen knurrte jetzt, sie war also bereit für dieses Experiment.

»Hooriche sind beese Herzdrigger«, witzelte Lars. So hieß es eben, weil einem die rohen Kartoffeln manchmal stundenlang schwer im Magen lagen.

»Herzdrigger – meine Spezialität!«, witzelte Karla. Gemeinsam gingen sie rüber in die Küche des kleinen Restaurants, die noch genauso viel Gemütlichkeit ausstrahlte wie eh und je.

***

Als ich in der Sandsteinhöhle lebte, fühlte ich mich der Natur so dermaßen verbunden. Es schien mir der perfekte Ort als Beobachtungsposten. Wie im Uterus: Rund, glatt, rot, dunkel, gemütlich, sicher. Im Krieg hatte man die Höhle sicher als Bunker genutzt, um sich vor Bomben zu schützen. Mit meinem Fernglas habe ich also immer rüber geschaut zu dem alten Sandsteinhaus. Doch eines Tages ließ Amalie sich nicht mehr blicken. Sie musste doch noch da drinnen sein. Ob ich reingehen sollte und nach dem Rechten schauen? Doch da kam schon der Notarzt angefahren und hat sie mitgenommen. Ich hatte keine Chance auf ein klärendes Gespräch. Frustriert streifte ich durch den Wald und überlegte, ob ich mich zum Sterben wieder auf meine Insel zurückziehen sollte. Dieses wunderschöne Eiland, auf das sich quasi keine Tagestouristen verirren und wo keine Autos fahren. Irgendwie vermisste ich den Klang der Pferdehufe über den Asphalt und das Geschrei der Möwen.

Warum musste die Alte ausgerechnet so kurz vor dem Ziel die Treppe runterfallen? Immer hatte ausgerechnet ich so ein verdammtes Pech. Als die Tochter dann kam, war das für mich wie ein Geschenk, mit dem ich nicht mehr gerechnet hatte. Dass ich dann …

Dass ich dann gleich in der ersten Nacht die Reifen von Karlas Auto zerstochen habe, war eine Art Kurzschlussreaktion: Aber ich wollte sie unbedingt hier behalten im Tal. Ich wollte nicht auch noch sie verlieren. Leider ging es danach wieder mit meinem Krämpfen los und ich sah mich schon in meiner Höhle elendig verenden. Als ich am nächsten Morgen doch wieder aufwachte, wusste ich, was zu tun war.

***

»Mannweiler! Lass die Katze in Ruhe!«, schrie die Aufseherin über den Hof, die Frauen im Haus 17 nannten sie immer nur Brüllaffe, Karla verstand jetzt warum.

»Pause vorbei!« Das Kommando ging ihr durch Mark und Bein. Auch der Kater sprang jetzt panisch weg. Karla erhob sich langsam aus der Hocke. Ihre Knie knacksten gefährlich, ihre Beine fühlten sich so schwer wie Blei an. Kurz schien sich ihr ganzer Körper dagegen zu wehren zurück in die Zelle zu müssen, zurück in die Einsamkeit. Karla atmete, pumpte die Lungen voller Sauerstoff und schaute in den Himmel. Verhangen, trüb, es würde bald regnen. Wenigstens konnte das Wetter ihr zurzeit egal sein.

Karla lief vor der Aufseherin her und bog automatisch in Richtung Haus 17 ab, wo die Frauen untergebracht waren. Auf halber Strecke wurde sie mit einem spitzen Pfiff ermahnt, stehen zu bleiben. Karla drehte sich erschrocken um.

»Rechts in die Kantine«, brüllte die Frau jetzt, obwohl die Inhaftierte direkt vor ihr stand.

Karla konnte jetzt erstmals deren Namen auf dem Schild am Revers lesen. ›Doris Ulmers‹ hieß sie also. Der Name kam ihr irgendwie bekannt vor. Wenngleich das ja auch ein Allerweltsname war. Dennoch war es durchaus möglich, dass die unfreundliche Aufseherin früher mal im ›Amuse Gueule‹ zu Gast gewesen war. Wenn, dann musste das lange her sein.

»Warum gehen wir in die Kantine? Die Essenszeit ist lange vorbei«, wagte sich Karla mit einer Frage vor. Eigentlich durften die Gefangenen keine Fragen stellen, lediglich auf Kommando Antworten geben.

»Du sollst dich da mal beim Küchendienst vorstellen. Kannst dann vielleicht dort arbeiten«, sagte Ulmers jetzt, ihre kleinen Augen blinzelten kurz etwas unsicher hinter der Brille. Dann nahm sie wieder Haltung an. »Also, mal los.«

»Ich dachte, im Gefängnis darf man keinen Job annehmen?« hakte Karla nach.

Brüllaffe zuckte mit den Schultern. »Der Koch ist gestürzt und ist bis auf Weiteres krank. Und du hast das doch gelernt, oder? Es handelt sich eben um eine Ausnahme. Außerdem steht es bei dir ja eh fest, dass du verurteilt wirst. Nur noch eine Frage der Zeit.«

Das war wirklich das Absurdeste, was ihr seit Langem passiert war: Jeder hier wusste doch, dass ihre Anklage auf Mord durch Vergiftung lautete. Seit Wochen sprach keine der inhaftierten Frauen – die meisten saßen ja wegen kleinerer Diebstähle oder Beschaffungskriminalität – mit der vermeintlichen Mörderin auch nur ein Wort. Sie hieß hier nur abfällig ›die Giftköchin‹. Und jetzt wollte man ausgerechnet ihr in der Küche eine zweite Chance geben? Ja, waren die denn alle lebensmüde?

Vor der Kantine hing für alle sichtbar der Speiseplan der Woche. Nicht selten gab dieser Anlass zu Diskussionen und Beschwerden, der eigentliche Gefängniskoch genoss alles andere als einen guten Ruf. Für Karla würde es ein Kinderspiel sein, seine mittelmäßigen Gerichte zu toppen. Und Fisch-Gerichte waren ja ihre Spezialität.

»Kannst du für Hundert Leute kochen?«, fragte die Aufseherin.

»Klar«, sagte Karla und seufzte. Unter den Menschen, die in der Kantine zurzeit ihr Mittagessen einnahmen, waren sicher kaum welche darunter, die gutes Essen tatsächlich zu schätzen wussten.

»Gut. Jetzt suchen wir noch den Joachim, der für die Einarbeitung des Küchenpersonals zuständig ist«, klärte sie Ulmers auf und wies auf eine Tür, auf der ›Nur für Personal‹ stand. »Er sitzt wegen Totschlags. Wehe, ihr verbündet euch.«

Karla konnte über diese Sorte Witz überhaupt nicht lachen. Sie war Köchin, keine Mörderin. Wann kapierte man das hier endlich?

***

Kaiserslautern präsentierte sich der Heimkehrerin trübe und verregnet. Eigentlich hatte Karla gar nicht vorgehabt heute so früh in die City zu fahren, zumal sie nach dem gestrigen Abend mit einem gehörigen Kater aufgestanden war: Lars hatte sie doch tatsächlich unter den Tisch getrunken und war – das musste so gegen 2 Uhr gewesen sein – noch zu Fuß rüber zum Forellenhof gewankt. Jedoch nicht, nachdem sie sich zum Abschied an der Tür kurz auf den Mund geküsst hatten.

Dass ausgerechnet heute Morgen zwei Reifen ihres Autos platt gewesen waren, machte Karla wütend. Wie konnte so etwas passieren? Dazu hatte der Reparaturservice sich am Morgen erst nach einem zwanzigminütigem Telefonat breitschlagen lassen, ihr demoliertes Auto in die Werkstatt zu bringen, um neue Reifen aufzuziehen. Karla hatte gnädigerweise im Führerhäuschen des Abschleppers in die Stadt mitfahren dürfen und hatte jetzt zwei Stunden Wartezeit zu überbrücken. Immerhin konnte sie so schon früher als geplant ihre Mutter im Krankenhaus besuchen, das ja fußläufig von der Innenstadt zu erreichen war.

Karla sah die Fußgängerzone der Hunderttausend-Einwohner-Stadt, die Geschäfte und Cafés mit ganz anderen Augen als früher. Wenn sie sich damals als Jugendliche über die kleine Einkaufszone beschwert hatte, die im Grunde nur aus zwei sich kreuzenden Straßen bestand, so konnte sie es jetzt schätzen, dass die Wege kurz und die Läden nicht ganz so riesig und voller Touristen waren wie auf der Breiten Straße in Köln. Dennoch schienen auch hier die großen Ketten den Einzelhändlern weitestgehend den Garaus gemacht zu haben, eigentlich schade. Dort, wo die Fußgängerzone früher abrupt aufgehört hatte, war nun eine riesige Shoppingmall aus dem Boden gestampft worden. Neben einigen Kritikern sei die Mehrheit der Bevölkerung doch eher von dem neuen Angebot begeistert, hatte ihre Mutter noch vor Kurzem erzählt. Ein EAT LOCAL-Konzept, wie sie es für Köln entworfen hatte, hätte bei den typischen Mall-Passanten wohl keine Chance. Warum lokale Produkte teuer kaufen, wenn die Klamotten aus China und Schanghai um ein Vielfaches günstiger waren? Wieso den Bauern aus der Region unterstützen, wenn die Tomaten aus Holland so preisgünstig waren und zudem noch perfekt rund und rot? Darüber hatte sie auch gestern mit Lars diskutiert, der ja für eine große Fast-Food-Kette arbeitete, obwohl er um die Logistik und das Transportwesen, das dahinter steckte, wusste.

»Die meisten Leute können sich eben kein anderes Essen leisten – Hauptsache billig«, verteidigte er seine Kunden. »Egal, wo das herkommt.«

»Man ist, was man isst«, hatte sie entgegnet.

»Jeder, wie er möchte«, hatte Lars gekontert und auf ihre niedrige Toleranzschwelle angespielt, die er ihr zum Vorwurf machte.

Diese Diskussion war vergebliche Liebesmüh. Andererseits gab er Respekt vor ihrer Arbeit zu und auch davor, dass sie für ihre Überzeugungen einstand – das tat irgendwie gut.

Karla sah schon von Weitem den stattlichen Turm der Marienkirche, der sie schon als Kind beeindruckt hatte. Ihr fielen zu jeder Straße und jedem Platz so einige Geschichten aus ihrer Schulzeit ein. Mit ihrer Freundin Else hatte sie an dieser Ecke ihr erstes Patschuli-Duftöl und eine weiße Bluse mit Stickereien gekauft, den kleinen, indischen Laden gab es offenbar gar nicht mehr. Regelmäßig im Winter war sie dort vorne bei ihrem Hals-Nasen-Ohren-Arzt vorstellig geworden – chronische Nebenhöhlen-Entzündungen immer im Winter! Danach war sie mit ihrer Mutter auf eine heiße Schokolade eingekehrt – das Café aber war heute ein Spielsalon.

Erst als Karlas Handy klingelte, wurde ihr schlagartig bewusst, dass sie – ganz in Gedanken – bereits seit einigen Minuten an der grünen Fußgängerampel gestanden hatte, die inzwischen wieder rot geworden war.

»Sarina, grüß dich!« Karla ertappte sich dabei, dass sie heute noch keine Minute ans EAT LOCAL gedacht hatte und an Sarina, die sicher gerade jetzt, am Freitagmittag, am Rotieren war wegen der Großveranstaltung morgen. »Ich hoffe, du kommst zurecht?«

»Im Großen und Ganzen ja. Die Olefs haben allerdings noch ein anderes Dessert dazu bestellt und sich jetzt doch gegen die russische, kalte Suppe entschieden, weil so viele Vegetarier eingeladen sind.« Sarina seufzte. »Der Borschtsch ist bereits fertig. Was mache ich jetzt mit den dreißig Litern?«

»Frier ihn ein«, schlug Karla vor. Ein bisschen nagte jetzt das schlechte Gewissen an ihr, dass sie Sarina ausgerechnet mit den überkandidelten Olefs alleine gelassen hatte – zahlungskräftige, aber keine einfachen Kunden. »Aber sonst keine Extrawürste ohne Aufpreis, hörst du?«

»Würste sowieso nicht. Die sind ja Vegetarier.«

Gebackene Feigen mit Rieslingschaum

6 Portionen / schmecken heiß am besten

Für den Bierteig:
3 Eier
1 Prise Salz
½ l Bier
250 g Mehl

Für den Zimt-Zucker:
100 g Zucker
1 Msp. Zimt

Für den Rieslingschaum:
4 Eigelb
2 EL Zucker
500 ml Riesling

Für den Bierteig die Eier trennen. Eiweiß steif schlagen. Eigelb mit Salz und Bier in einer Rührschüssel verquirlen und löffelweise das Mehl unterschlagen. Eischnee unterheben.
Den Zucker mit dem Zimt in einer kleinen Schüssel vermischen.
Für den Rieslingschaum die Zutaten in eine Metallschüssel geben und im heißen Wasserbad mit dem Schneebesen so lange schlagen, bis die Masse schaumig ist.
Die Feigen unterhalb des Stiels rundherum leicht einschneiden und die Haut abziehen. Öl in einem kleinen hohen Topf erhitzen. Das Mehl in eine kleine Schüssel geben und die Feigen darin wenden. Anschließend am Stiel fassen und in den Bierteig tauchen, bis sie rundherum damit bedeckt sind. Feigen in dem heißen Fett nacheinander goldbraun ausbacken. Nicht zu dunkel werden lassen, sonst wird der Teig bitter.
Aus dem Fett nehmen und sofort im Zimt-Zucker wälzen. Den übrigen Teig löffelweise in das heiße Fett geben und ebenfalls ausbacken. Auch in Zimt-Zucker wälzen.

TIPP: *Die gebackenen Feigen passen auch wunderbar zu Vanilleeis.*
TIPP: *Das Öl durch ein feines Sieb gießen und zum Kochen verwenden.*

Sarina machte einen leicht angespannten Eindruck. Hoffentlich war wirklich alles in Ordnung zu Hause.

»Okay, dann ist ja alles geklärt«, sagte Sarina. »Muss jetzt los, was für die Tischdeko besorgen. Soll ja alles russisch aussehen. Nastrovje.«

»Vielen Dank, Süße!«, sagte Karla, doch da hatte die Freundin schon aufgelegt.

***

Malchen hatte ihrer Tochter telefonisch aufgetragen, bei ihrem nächsten Besuch im Krankenhaus etwas Vernünftiges zu essen mitzubringen und ihr den Tipp gegeben, es lieber am Krankenhauspersonal vorbei zu schmuggeln. Die Tragetasche mit den Köstlichkeiten aus der heimischen Speisekammer hatte Karla deshalb mit einem Tuch abgedeckt.

Inzwischen wusste sie, dass man sowohl über das Treppenhaus als auch mit dem Fahrstuhl die Station zwei erreichen konnte. Um den Schwestern aus dem Weg zu gehen, entschied sie sich heute für diesen Umweg und gegen den Aufzug. Schon von Weitem hörte sie das Lachen ihrer Mutter aus dem Aufenthaltsraum. Sicher hatte die gesellige alte Dame bereits Anschluss gefunden. Jemand wie Amalie Mannweiler blieb nie lange irgendwo alleine. Sie wusste, wie man Menschen für sich gewann. Jahrzehntelange Erfahrung im Service und an der Theke hatte ihr Blick für Andere geschult, Karla hatte diese Offenheit an ihrer Mutter immer bewundert. Dennoch war sie ihr Leben lang alleinstehend geblieben.

Manchmal überkam Karla die Angst, dass sie dasselbe Schicksal treffen würde, nämlich lebenslang alleine zu bleiben. Wieder checkte sie ihr Handy. Ein bisschen seltsam fand sie es ja schon, dass sich Genussmensch68 alias Timo so gar nicht mehr meldete. In den letzten zwei Wochen hatten sie fast täglich Kontakt gehabt. Seit sie das gestrige Date abgesagt hatte, hatte sie jedoch gar nichts mehr von ihm gehört. Seltsam.

»Schätzchen, du siehst aber schlecht aus!«, wurde sie von ihrer Mutter begrüßt. Typisch, immer den Finger in die Wunde zu legen. Die Dame, die mit ihr am Tisch saß, schaute sie jetzt ebenfalls aufmerksam an. Auch sie nickte.

»Das ist Frau Reuter. Wir haben gerade eine Partie Canasta gespielt.«

Karla gab der Mit-Patientin kurz die Hand und setzte sich mit an den runden Tisch. »Ich wollte nur kurz nach dem Rechten sehen. Muss nämlich gleich noch einkaufen und das Menü für morgen vorbereiten.«

»Wie, du warst noch gar nicht einkaufen?« Malchens Stimme klang vorwurfsvoll. Karla fühlte sich sofort ungerecht behandelt. Aber vielleicht war sie auch zu empfindlich, was sicher am Schlafmangel und dem gestrigen Mahl lag. Die ›Hooriche‹ lagen ihr immer noch im Magen. Malchen legte die Spielkarten auf einen Stapel und verpackte sie wieder in dem dafür vorgesehenen Kästchen. Dann rückte sie von ihrer neuen Bekannten ab und wandte sich ihrer Tochter zu. »Ich muss dir etwas erzählen.«

Karla warf einen Blick auf Frau Reuter, deren Ohren zu wachsen schienen. Man konnte es ihr nicht verübeln, hier im Krankenhaus passierte sicher nicht viel Interessantes.

Doch Malchen senkte ihre Stimme, so, dass selbst Karla sie kaum mehr verstehen konnte. »Die Polizei war hier.« Jetzt machte sie eine bedeutsame Pause. »Sie haben von dem mutmaßlichen Einbrecher ein Phantombild erstellt.«

»Warum kommen sie mit dem Phantombild zu dir?«, fragte Karla. »Du hast den Einbrecher doch gar nicht gesehen.«

»Sie hatten den Verdacht, dass hinter der Einbruchserie eine persönliche Geschichte stecken könnte. Weil Anton und ich davon betroffen sind. Und Anton hat ihn gesehen, als er gerade türmen wollte ...«

»Es wurde ausgerechnet bei euch zwei alten Schulfreunden eingebrochen?«, fragte Karla erstaunt. Warum hatte Malchen das denn nicht schon gestern erzählt? Hatte sie die Geschichte runterspielen wollen? Soviel sie wusste, waren Anton Becht und ihre Mutter in der Schulzeit gut befreundet gewesen. Heute sahen sie sich nur noch sporadisch, auf Beerdigungen oder Weihnachten in der Kirche. Andererseits lagen deren Häuser nah beieinander –

eigentlich praktisch für einen Dieb. Vielleicht also doch nur ein Zufall.

Malchen runzelte die Stirn. Dann nahm sie Karlas Hand, so, als ergreife sie einen rettenden Strohhalm. Mit Verzweiflung im Blick fuhr sie fort: »Karla, ich bin mir ganz sicher, dass ich das Gesicht des Einbrechers schon mal irgendwo gesehen habe. Dieser Blick ...«

»Was?« Das war die verrückteste Geschichte, die Karla seit Langem gehört hatte. »Hast du das der Polizei gesagt?«

Malchen schüttelte den Kopf. Frau Reuter, die anscheinend doch besser hörte als man es ihr zutraute, tat es ihr nach, sie konnte es offenbar auch nicht fassen. Als Karla ihr einen missbilligenden Blick zuwarf, nestelte sie scheinheilig an ihrer Strickweste herum und klopfte sich die Fussel von der Hose. Ihre Mutter hatte jetzt die Augen geschlossen, so, als suche sie eine Wahrheit in ihrem tiefsten Inneren.

»Ich habe keine Ahnung, woher ich diesen Mann kenne. Mein Gedächtnis ist in letzter Zeit so schlecht, ich bin über siebzig Jahre alt, Karla! Jetzt noch die Narkose, die mich so müde macht. Aber ich bin mir sicher, dass ich dieses Gesicht schon einmal gesehen habe. Und das macht mir Angst.«

Wenn Karla etwas nicht mit ihrer Mutter in Verbindung brachte, dann war es Angst: Diese kleine, unerschrockene Frau hatte sich ihr Leben lang alleine durchs Leben geschlagen, später für ihr Kind noch mit gesorgt. Nie hatte sie einen Mann an ihrer Seite oder einen Beschützer gebraucht. Nachdem sie sich mit ihren Eltern überworfen hatte, hatte sie sich selbst um ihre Ausbildung gekümmert und hatte in einer Hotelküche auf Juist eine Lehre als Köchin begonnen. Noch heute sprach sie von ihrer besten Zeit, die sie damals im Dienst am Juister Hof verlebt hatte. Jahre der harten Arbeit, aber auch der Freiheit, so weit über das Meer blicken zu können, wie es das Wetter zuließ – fernab der Familie und der Enge des pfälzischen Waldes. Erst kurz vor Karlas Geburt war sie in ihr altes, verwaistes Elternhaus gezogen und hatte sich – als alleinerziehende Mutter – mit dem ›Amuse Gueule‹ eine Existenz aufgebaut. Nie, wirklich nie, war ihr Angst oder auch nur Verunsicherung anzumerken gewesen. Warum ausgerechnet also jetzt?

»Mir ist der Ausdruck des jungen Mannes so vertraut, als hätte ich mit ihm schon einmal gesprochen.« Malchen legte ihre Stirn in Falten. »Wo sind nur meine Erinnerungen hin?«

»Nein, Mutter, das ist ganz normal, dass man sich nicht an alle Menschen erinnern kann, mit denen man mal gesprochen hat. Vielleicht war er ja mal Gast im ›Amuse Gueule‹? Du hast doch durch das Restaurant mit so vielen Leuten zu tun.«

Die Tür zum Aufenthaltsraum ging auf und eine Schwester lugte herein. Sie war jung und hatte lustige, braune Augen. »Alles okay hier?« Die Patienten nickten und die Frau verschwand wieder.

»Ich werde das Gefühl nicht los, dass er etwas Bestimmtes bei mir gesucht hat«, sagte Malchen. »Die Speisekammer war durcheinander gewühlt, auf den Schränken hatte er nachgeschaut, sogar im Keller, aber es fehlte nichts. Außer meiner Handtasche. Und ...«

»Und?«

»Ach nichts.« Malchen war aufgebracht und Karla beschloss, sie erst einmal zu beruhigen. Es machte ja keinen Sinn, dass sie sich noch mehr unnötig aufregte. Sicher war der Dieb schon über alle Berge und hatte die gestohlene Handtasche in irgendeinem Gewässer oder einem Müllcontainer entsorgt. Eigentlich müsste man sich bei den Polizisten für diesen Auftritt am Krankenbett beschweren. Malchen war alt und dazu noch frisch operiert, man hätte sie schonen müssen. »Komm, wir gehen rüber in dein Zimmer. Ich habe dir was Leckeres zum Essen mitgebracht.«

Über Amalies Gesicht flog jetzt ein dankbares Lächeln. »Übrigens soll ich dich unbekannterweise von meiner Freundin Sarina grüßen und dir gute Besserung wünschen«, bemühte sich Karla um einen Plauderton. Sie schnappte sich die Griffe des Rollstuhls und schob ihre Mutter zur Tür. Schon oft hatte sie sich bemüht, sie mal nach Köln zu locken, um ihr ihr neues Leben näher zu bringen und ihre Freunde vorzustellen – bisher ohne Erfolg.

»Moment emol, isch kumm mit«, rief Frau Reuter jetzt und nahm mit ihrem Rollstuhl Fahrt auf. Gut gelaunt heftete sie sich an ihre Fersen. »Was gebbt's 'n Foines? Isch honn e Riese-Hunger!«

***

Natürlich erinnere ich mich sehr gut daran, als ich zum ersten Mal im Forellenhof eingestiegen bin. Ich weiß das deshalb so genau, weil es der Tag war, an dem mir ihr Lachen zurückgebracht wurde – ein wunderbares Geschenk für mich kranken Mann. Der Forellenhof ist eine ganz schön heruntergekommene Kaschemme. Aber der kleine Ausflug war dennoch aufschlussreich: In dem Treppenhaus hängt nämlich so eine Bildgalerie an der Wand, Fotos von Bechts Hochzeit, vom Sohn, Stammgäste in ausgelassener Stimmung im Biergarten, immer wieder Bilder vom Wirt mit und ohne Fisch an der Angel und später dann ein Foto von Holly, seiner Enkelin. Plötzlich sehe ich – in so einem kitschigen Goldrahmen und schon leicht verblasst – ein Foto meiner Mutter und Amalie am Hafen von Juist. Es muss kurz vor ihrem Tod aufgenommen worden sein, denn meine Mutter trägt ein Kleid, das wir gemeinsam im Mai 1970 bei einem Ausflug nach Norden gekauft haben. Ich starrte dieses Foto so lange an, bis ich ein Geräusch hörte: Becht kam vom Spaziergang zurück. Dennoch konnte ich meinen Blick nicht abwenden von den zwei Frauen auf dem Bild: Arm in Arm standen sie da und sahen unglaublich glücklich aus. Das hat mich ergriffen, wow! Ich meine, da lacht sie mich nach all den Jahren einfach so vom Foto an – so überglücklich und lebendig. Natürlich war es ein Fehler, es von der Wand zu nehmen und einfach einzustecken. Man hätte mir einen Strick draus drehen oder sogar auf die Schliche kommen können. Ist aber nichts passiert. Der Becht hat es nämlich offenbar noch nicht mal gemerkt, dass das Foto fehlt. Und das ist für mich eigentlich das Schlimmste: Dass die Menschen, die meiner Mutter nahe gestanden haben, sie vergessen haben könnten. Aber: Konnte Anton Becht meine Mutter überhaupt gekannt haben? War er jemals auf Juist gewesen?

***

Der alte Becht brauchte nur einen Schlag mit einem kleinen Holzknüppel, um den Fisch zu betäuben. Danach setzte er das scharfe Messer an die obere Bauchdecke des Tieres und führte einen gekonnten Schnitt durch, schon floss das Blut in das fleckige Abflussbecken. Jetzt war also auch die fünfte Forelle in Folge tot.

»Du hättest Chirurg werden sollen, Anton«, sagte Karla beeindruckt. »Du hast eine verdammt sichere Hand.« Schon in früheren Zeiten, als sie mit ihrer Mutter ab und an Gast im Forellenhof gewesen war – natürlich auch, um die Speisekarte des Konkurrenten auszuspionieren – hatte sie fasziniert zugeschaut, wie der Wirt seine Ware verkaufsfertig machte.

»Du kommst spät, um deine Fische zu holen«, murrte Anton Becht. »Hier ist gerade Hochbetrieb.«

»Jemand hat heute Nacht meine Autoreifen zerstochen. Ich kam also leider erst mal nicht von zu Hause weg«, antwortete Karla patzig. Möglichst unauffällig schaute sie sich nach Lars um, der aber nirgends zu sehen war. »Was ist denn hier eigentlich los Anton? Zuerst schleicht nachts ein Einbrecher durch die Gegend und jetzt macht einer auch noch die Autoreifen platt? Ist ja gefährlicher als in der Kölner Innenstadt.«

Anton Becht zuckte mit den Schultern, doch einerlei war ihm das offenbar auch nicht. Er schaute sich um, so, als befürchte er, dass seine Gäste den Wortwechsel gehört hatten. Plötzlich zitterten seine Hände. Sicherlich war die Polizei gestern auch bei ihm gewesen und hatte ihm das Phantombild gezeigt. Karla war zwar neugierig, wusste aber, dass es jetzt ein denkbar ungünstiger Augenblick war, ihn danach zu fragen.

So bemühte sie sich lieber um einen Themenwechsel. »Ganz schön voll hier, die Leute lieben deinen Laden, hm?«

Anton nickte. Ein kleines Mädchen mit einem braunen Pferdeschwanz kam hinter der Theke hervor und schaute Karla neugierig an. Dann lächelte sie und entblößte eine Zahnlücke. Ob das Lars' Tochter war? Süß, die Kleine.

»Hi, ich bin Holly. Bist du eine Schauspielerin?«, fragte das Mädchen. Sie hatte den gleichen offenen Blick wie ihr Vater und war auch genauso neugierig.

»Nein«, lachte Karla. »Ich bin einfach nur eine ... Nachbarin.«

»Ahso«, grinste das Mädchen und stemmte ihre Arme in die Seite. »Willst du zu meinem Papa? Der ist nämlich nicht da.«

Karla spürte einen Anflug von Enttäuschung. Sie hätte Lars gerne wieder gesehen nach dem netten Abend gestern. Wo er wohl war? Er hatte doch erwähnt, dass er wegen seiner Tochter heute freigenommen hatte.

»Nein, ich wollte hier ein bisschen das Geschäft ankurbeln und Forellen kaufen«, sagte Karla augenzwinkernd, um die Situation aufzulockern.

Der alte Becht versetzte der nächsten Forelle mit dem Holz einen Schlag und beförderte sie so in die Bewusstlosigkeit. Holly schaute ihm dabei zu, ihr Gesicht spiegelte eine Mischung aus Entsetzen und Faszination wider. Für Karla war es Zeit zu gehen, in der Gaststube wurde es unruhig, an einigen Tischen wurde gleichzeitig die Rechnung verlangt, andere wiederum suchten den Blickkontakt zur Bedienung, um weitere Getränke zu bestellen. Karla fiel auf, dass die meisten hier ein viertel Liter Weißweinschorle zum Fisch bestellten. Jetzt ertönte sogar ein genüssliches Rülpsen durch den Raum.

»Wohl bekomm's!«, rief ein anderer herzlich und erntete einige Lacher.

»Merci!«, hieß die selbstbewusste Antwort.

Seit Jahrhunderten übten die Pfälzer Geselligkeit bei jeder möglichen Gelegenheit, so hatte sie sich offenbar tief in ihre Mentalität eingegraben. Da können sogar die toleranten Kölner mit ihrer Schunkel- und Gute-Laune-Mentalität nicht gegen anstinken, dachte Karla, als sie sich auf den Rückweg machte. Irgendwie fühlte sie sich hier überraschend wohl, wie zu Hause.

***

Der Pfälzer Wald war ein herrliches Terrain zum Laufen, der Boden weich und die Luft rein – Lars nutzte diesen Luxus, so oft es nur ging. Noch außer Atem und durchgeschwitzt, fing ihn seine Tochter im Flur ab und verriet sofort, dass da eine Frau gewesen sei, die ausgesehen habe wie eine Schauspielerin und nach ihm gefragt habe. Damit konnte nur Karla gemeint sein. Schade, dass sie ausgerechnet dann im Forellenhof aufgetaucht war, als er seine obligatorische Joggingrunde absolviert hatte.

Gewürztraminer-Apfelgelee mit Mandelsahne

4 Portionen / gut vorzubereiten

Für das Apfelgelee:
1 großer, rotschaliger Apfel
3 EL Zitronensaft
250 ml Gewürztraminer
1 Tortenguss, klar
2 EL Zucker

Für die Mandelsahne:
50 g Mandelblättchen
200 ml Sahne
1 Päckchen Vanillezucker

Für das Gelee den Apfel gründlich waschen und abtrocknen. In Viertel schneiden, das Kerngehäuse entfernen und mit Schale grob raspeln. Mit dem Zitronensaft beträufeln.
Aus dem Gewürztraminer, dem Tortenguss und dem Zucker nach Packungsanleitung einen Guss herstellen. Die Apfelraspeln unterheben und auf Gläser verteilen. Im Kühlschrank fest werden lassen.
Die Mandelblättchen ohne Zugabe von Fett in eine Pfanne geben. Bei mittlerer Temperatur unter Rühren leicht anrösten. Vom Herd nehmen und 2 EL davon für die Deko beiseitestellen.
Die Sahne mit dem Vanillezucker steif schlagen. Mandelblättchen unterheben und mit einem Esslöffel Sahnehäubchen auf das Apfelgelee setzen. Mit den restlichen gerösteten Mandeln bestreuen.

TIPP: *Schmeckt natürlich auch mit Birnen.*

»Papa, die hat zwar behauptet, dass sie hier nur Fisch kaufen will, aber das war sicher nur ein Fake. Ich glaube nämlich, dass die in dich verliebt ist!« Holly grinste über das ganze Gesicht. Ob sie tatsächlich schon in dem Alter war, dass sie sich über so etwas Gedanken machte?

»Ach Quatsch. Das ist eine alte Kindergartenfreundin von mir«, Lars wiederholte seine Dehnübung. Insgeheim musste er zugeben, dass ihm ihre Idee eigentlich ganz gut gefiel. Holly hüpfte jetzt zurück vor den Fernseher und sang: »Verliebt, verlobt, verheiratet.«

Seine Tochter war so groß geworden, man konnte ihr offenbar gar nichts mehr vormachen. Tatsächlich waren ihm die Gespräche mit Karla heute nicht aus dem Kopf gegangen. Und noch etwas andere beschäftigte ihn permanent: Die Briefe an seinen Vater, die er auf dem Schrank gefunden hatte. Noch immer befand sich die Postkarte mit der seltsamen Botschaft in seiner hinteren Hosentasche, die oben im Bad lag. Jetzt nahm die Neugier überhand. »Ich geh jetzt duschen, danach spielen wir eine Runde UNO, okay?«, sagte er, mehr zu sich selbst als zu dem Kind.

Lars ließ sich kaltes Wasser über den Kopf rieseln und stieß eine Art Urschrei aus. Das tat gut! Es ging doch nichts über eine Runde Sport und eine kalte Dusche – mal von Sex natürlich abgesehen, der zurzeit aber keine große Rolle in seinem Leben spielte, wenn er mal ganz ehrlich war. Von dem kleinen, neckischen Flirt mit einer Nachbarin letztes Jahr mal abgesehen, hatte er den näheren Kontakt zu Frauen erst einmal auf Eis gelegt. Sorgen machte er sich eher darum, dass ihm das gar nicht zu fehlen schien. Und dann traf er nach all den Jahren auf seine alte Sandkastenliebe und hatte plötzlich Schmetterlinge im Bauch wie ein Teenager.

Er schnappte sich ein großes Handtuch und rubbelte die Haare trocken. Sein Vater benutzte offenbar noch das gleiche Waschmittel wie früher, als Mutter noch lebte. Der Geruch der Wäsche erinnerte Lars so dermaßen an sie, dass es schmerzte. Erst, als sich seine Haut gänzlich trocken anfühlte, setzte er sich im Bademantel auf die Toilette und holte erneut die Postkarte hervor.

›Sie ist zum Sterben bereit‹ – die Buchstaben tanzten vor seinen Augen. ›Sie braucht uns‹.

***

Timo antwortete einfach nicht. Keine SMS, keine Mail, kein Anruf. Nothing. Während Karla bereits die dritte Zwiebel in kleine Stücke schnitt, wurde ihre Wut über sein Schweigen immer größer. Was hatte er ihr im Chat immer für Komplimente gemacht: Er fände sie witzig, verführerisch, humorvoll, magisch. Noch nie habe er eine Frau gekannt, die mit ihm so auf selber Wellenlänge gewesen sei. ›Gekannt‹ war gut, sie hatten sich ja noch nie gesehen. Und dennoch war Karla wochenlang auf rosa Wolken durch ihren stressigen Alltag geschwebt. Und kaum verließ sie Köln – tauchte er ab. Gerade konnte sie nur verächtlich über ihre Naivität lachen, dass sie in Genussmensch68 gleich ihren Traummann gewittert hatte. Sie nahm sich vor, nachher noch einen kleinen Spaziergang einzulegen, um zu schauen, wo sie in der Nähe des Hauses einen stabilen Handyempfang hatte. Dann würde sie mit ihrem Smartphone online gehen und ihn zur Rede stellen. Von Lars würde sie ihm natürlich nichts sagen, zumal sie diesen flüchtigen Kuss gestern noch gar nicht wirklich einordnen konnte. Das war einfach so passiert und hatte wohl keine Bedeutung. Ein Kuss unter alten Freunden – was war schon dabei?

Karla goss sich von dem Weißwein nach, den sie im Weinkeller ihrer Mutter gefunden hatte. Sehr köstlich, ein 98er Gewürztraminer aus der Südpfalz, den sie prima für das Apfelgelee mit Mandelsahne verwenden konnte. Jeden Samstag fertigte Amalie Mannweiler eine individuelle Karte mit Speiseplan und einem schönen Spruch für ihre Gäste an, die diese auch mit nach Hause nehmen durften. Eine schöne Idee, fand Karla. Sie würde das für ihr EAT LOCAL-Konzept auch übernehmen, sobald sie wieder zu Hause war. Die Kunden waren sicher glücklich über diese persönliche Erinnerung an einen wunderbaren kulinarischen Abend.

Sie schnappte sich eine weitere Zwiebel und schnitt sie entzwei. Zwischendurch wischte sie sich die Tränen von den Wangen. Ob die vom Zwiebelschneiden oder von ihrer plötzlichen Traurigkeit stammten? Wenn man doch Gedanken und Sehnsüchte so wegwischen könnte wie Tränen, dachte sie.

Da klingelte das Festnetztelefon. Dieses Geräusch war ihr noch sehr vertraut von früher, als für sie Telefonieren das Tor zur Welt gewesen war. Manchmal hatte sie stundenlang auf die Anrufe ihrer Freundin Else gehofft. Als sie im Flur ankam, hörte das Klingeln auf. Ihr Blick fiel auf den Apparat und erst dann sah sie das durchgeschnittene Kabel, das sich wie eine launige Schlange auf dem Boden wand. Panisch drehte sie sich herum, als sie hinter sich ein schweres Atmen hörte. Bevor sie sich herumdrehen konnte, traf sie ein harter Schlag auf den Kopf – dann wurde es um sie dunkel.

***

Oft saß ich in diesen Tagen in der Höhle und besah meine Trophäen, die ich von meinen Beutezügen mitgebracht hatte: Ein Nordsee-Reiseführer aus den Sechzigerjahren war da genauso dabei wie Amalies Handtasche, die ich einer spontanen Eingebung folgend mitgenommen hatte. Darin steckte nicht viel von Wert, aber auf eines war ich stolz: Auf die schwarze Kladde mit Rezepten, die sie offenbar seit ihrer Lehrzeit bei sich getragen hatte, um alle ihre kulinarischen Experimente zu notieren. Manche Kürzel waren unlesbar, viele Seiten klebten aneinander, ganze Passagen waren mehrfach durchgestrichen. Kleine Zettel lagen zwischen Notizen und Mengenangaben: Ich hatte das Tagebuch einer Sterne-Köchin ergattert – ich triumphierte! Beim Blättern stieß ich auf die selbst geschriebene Speisekarte, die auf den 6. Juni 1970 datiert war: gebratene Jakobsmuscheln mit Chili-Paprika-Dip, dazu Zuccini-Puffer mit geräucherter Forelle und Kastaniencreme auf Dornfelderkirschen. Ob es sich dabei um die Henkersmahlzeit meiner Mutter handelte? Wenn ich das Foto der beiden mit ihr betrachtete, das ich in Bechts Haus gefunden hatte, vermisste ich sie so sehr. Aber irgendetwas irritierte mich daran. Oft hatte meine Mutter mit ihrer Freundin Amalie Arm in Arm für Fotos posiert, häufig hatten die beiden sich so fein herausgeputzt. Doch jetzt mischte sich noch etwas anderes in ihre Gesichtszüge und ihr offenes Lachen. War es einfach pures Glück? Erst nach einiger Zeit kam ich auf die Idee, das Foto aus dem Rahmen zu lösen und siehe da, da stand etwas: ›Liebe Amalie, danke, dass du den letzten Gang mit mir gehen willst, ich liebe dich dafür umso mehr. Für immer Dein!‹ Also hatte meine Mutter gewusst, dass sie bald sterben würde? Für mich hörte es sich so an, als schreibe sie an eine große Liebe. War das etwa das Geheimnis der beiden Frauen, vor dem ich all die Jahre die Augen verschlossen hatte? Dass die beiden mehr als freundschaftliche Zuneigung zueinander verspürten, ja, sich sogar liebten? Ich las diese Zeilen immer und immer wieder. Dann übermannte mich ein Schmerz, wie ich ihn lange nicht erlebt hatte. Es war der Schmerz der Gewissheit: Amalie hatte meine Mutter auf dem Gewissen: Sie hatte zuerst ihr Herz gebrochen und es dann getötet.

***

»Karla! Hörst du mich?« Zuerst kam ihr Lars' Stimme ganz weit weg vor. Wo war sie? Was war passiert? Noch mit geschlossenen Augen bemühte sie sich die letzten Minuten vor ihrer Bewusstlosigkeit zu rekonstruieren. Zwiebelschneiden in der Küche, Hände abtrocknen, das Telefonkabel, der Atem. Karla öffnete die Augen und registrierte, dass sie im Flur lag. Es roch nach altem, staubigen Teppichläufer.

»Hej, wie geht es dir?« Lars schaute sie besorgt an und hielt dabei offenbar ihre Hand. Karla richtete sich vorsichtig auf. Ihr Hinterkopf tat verdammt weh. Sie konnte sich ein Stöhnen nicht verkneifen.

»Hast du Schmerzen?« Lars half ihr, sich vom Boden zu erheben und führte sie in die Küche. »Setz dich erst mal.« Sie gehorchte.

»Was ist passiert?«

»Jemand muss hinter mir gestanden und mir irgendetwas über den Kopf gezogen haben«, Karla griff sich an die schmerzende Stelle. Zum Glück schien sie nicht zu bluten. »Mehr weiß ich nicht mehr.«

Lars schenkte ihr ein Glas Wasser ein. »Trink.«

»Was machst du eigentlich hier?« Kurz kam Karla der Gedanke, dass Lars der Angreifer gewesen sein könnte. Immerhin tauchte er hier immer überraschend auf und hatte einen Schlüssel zum Haus. Ob er etwas suchte? Handelte es sich vielleicht um Betriebsspionage mit anschließendem Händchenhalten? Vielleicht war Becht Junior hinter Mutters Rezepten her, die das ›Amuse Gueule‹ berühmt gemacht hatten? Soviel sie wusste, sammelte Amalie sie seit jeher in einer schwarzen Kladde, die inzwischen von unschätzbarem Wert sein musste. Sie rügte sich selbst wegen dieser schlechten Gedanken.

Lars schaute sie amüsiert an. »Ich wollte dich eigentlich nur fragen, ob ich dir was helfen kann. Mein Vater hat mir erzählt, dass dein Auto heute Morgen kaputt war. Als ich klingeln wollte, war die Tür nur angelehnt. Da dachte ich mir, dass etwas passiert sein muss.«

Karlas Blick fiel auf die Uhr im Flur. Schon 20.30 Uhr. »Wir sollten die Polizei verständigen.«

»Wenn du meinst«, antwortete Lars. »Ich gebe nur zu bedenken, dass das kein gutes Licht auf das Restaurant wirft, wenn hier die Verbrecher ein und ausgehen. Bei meinem Vater wurde ja auch vor einer Woche eingebrochen. Ich habe ihm geraten, das nicht der Polizei zu melden. Leider hat er sich nicht daran gehalten. Prompt stand es am nächsten Tag in der Zeitung. Das ist nicht gut fürs Geschäft, glaub mir.«

Karla schaute Lars an. Was, wenn der attraktive Nachbar wirklich hinter all dem steckte? Warum sonst sollte er solche Vorkommnisse vertuschen wollen? Karla nahm sich vor, bevor der Vorfall nicht geklärt war, vorsichtig zu sein.

»Ich werde mit Malchen darüber sprechen, was ich tun soll«, sagte sie leicht reserviert.

»Du nennst deine Mutter Malchen?«, fragte Lars, in seiner Stimme schwang etwas mit, das sie nicht deuten konnte.

»Alle ihre Freunde nennen sie so«, sagte Karla. »Warum fragst du?«

»Malchen fängt mit M an«, murmelte er und merkte gar nicht, dass er aus Versehen zu Karlas Glas griff und es in einem Zug leer trank.

»Das stimmt. Du bist schlauer, als man so denkt.«

»Kein Scherz, ich glaube, ich sollte dir etwas zeigen.« Lars griff in die Tasche seiner Jacke und zog die Postkarte heraus, die er aus dem Schuhkarton gefischt hatte. Karla erkannte sofort die geschwungene Handschrift ihrer Mutter: ›Lieber Anton, ich hüte unser Geheimnis wie meinen Augapfel und wollte mich eigentlich an die Abmachung halten, dir nicht von hier zu schreiben. Doch jetzt zwingen mich die Ereignisse zu einer Planänderung. Ludwigs Mutter braucht uns‹. Sie drehte die Karte herum: Das leicht verblichene Bild zeigte das Alte Warmbad auf Juist, in dem sich heute das Standesamt befand – Mutter hatte davon oft erzählt. Die Karte stammte offenbar aus der Zeit, als sie auf der Insel in die Lehre gegangen war – der Poststempel war verwischt, kaum lesbar. Karla schaute Lars mit gerunzelter Stirn an. »Um welches Geheimnis geht es da und wer ist Ludwig? Ich kapiere gar nichts.«

»Ich glaube, es geht hier um Mord!«, sagte Lars.

»Du spinnst«, sagte Karla.

»Vielleicht wäre es besser gewesen, ich hätte diese Briefe nie gefunden«, sagte Lars, mehr zu sich selbst.

Ein seltsamer Typ war das, dachte Karla. Sie sollte vor ihm auf der Hut sein.

***

Seit Karla Mannweiler am Tag ihrer Einweisung in U-Haft in der JVA Wöllstein mit der Häftlingsnummer 3420 versorgt worden war, fühlte sie sich nicht mehr als vollwertiger Mensch. Sie war eben nur noch ein Teil des Fließbands, eine Gefangene mit Strichcode, ein Niemand ohne Bedürfnisse. Nie hätte sie gedacht, dass man in Haft tatsächlich diese Einheits-Kleidung mit Nummern vor der Brust trug, die man aus Filmen kannte. Unfassbar, dass die Zellen nur karg mit einem Stockbett, einem Tisch und zwei Stühlen ausgestattet waren. An den hellgelb gestrichenen Wänden befanden sich Sprüche derjenigen Frauen, die hier im Laufe der Jahre inhaftiert worden waren. ›Meine Flügel sind gestutzt, mein Herz ist gebrochen‹, stand da beispielsweise in geschwungener Schrift in Grün an einer Mauer. Karla hatte diesen Satz bestimmt schon hundert Mal gelesen, weil er ausgerechnet in Augenhöhe über dem Bett platziert worden war.

›Brüllaffe‹ hatte sie schweigend bis vor die Zelle begleitet und ihr die Tür aufgeschlossen. Die Formalitäten für den neuen Job als Köchin waren schnell geklärt gewesen. Joachim, ein Mitgefangener, der in der Küche für das Personal zuständig war, war von Doris Ulmers vor vollendete Tatsachen gestellt worden. Ab morgen war sie also die neue Köchin hier. Karla wusste nicht, ob sie sich darüber freuen sollte. Einerseits brachte es Abwechslung, andererseits bedeutete das auch, dass sie sich mit ihrer Anwesenheit hier auf lange Zeit zu arrangieren hatte – keiner glaubte offenbar an ihre Unschuld.

Die Aufseherin machte eine übertrieben einladende Bewegung in Richtung Zelle. »Willkommen daheim.«

Es war dieser ironische Unterton, der die ganze Überheblichkeit der Situation offenlegte: Auf der einen Seite die Macht, auf der anderen nur Ohnmacht. Karla fiel es in solchen Momenten schwer, ruhig zu bleiben. Doch wenn sie sich hier eins abgewöhnt hatte, dann waren es Widerworte.

Als sie ihre Zelle betrat, sah sie sofort, dass das zweite Bett im Zimmer abgeräumt worden war, ohne Leintuch sah die Matratze fleckig und unappetitlich aus. Auch Utes wenige persönliche Dinge waren nicht mehr da, ihre Zellengenossin war spurlos verschwunden.

»Was ist ...«

Doch die Aufseherin hatte die Tür schon ins Schloss fallen lassen.

Krass! Wochenlang hatte sie mit dieser Fremden unfreiwillig Bett und Toilette geteilt und gezwungenermaßen viel Zeit miteinander auf engem Raum verbracht. Und es war beileibe nicht immer leicht mit der fünfundsechzigjährigen Heroinabhängigen gewesen, die wie ein alter Bär geschnarcht und stundenlang auf Toilette gesessen hatte. Daran, dass sie ihren Freund im Delirium fast totgeschlagen hatte, konnte sie sich gar nicht mehr erinnern. Nicht selten wurde sie also von regelmäßigen Tobsuchtsanfällen geschüttelt, die ihre ganze Hilflosigkeit offenbarten – aber auch ein gewisses Gewaltpotenzial: Auch Karla wurde in diesen Momenten aufs Übelste beschimpft. Sicher waren das auch Auswirkungen des kalten Entzugs eines Junkies, der sich selbst überlassen war, quasi ohne angemessene medizinische Betreuung. Ob man Ute in einen anderen Trakt oder sogar in ein anderes Gefängnis verlegt hatte? Wenn sie Glück hatte, hatte man ihr die Therapie genehmigt, die sie in den letzten Jahren mehrfach beantragt hatte. Sie, Karla, würde es vermutlich nie erfahren, was aus der Frau geworden war. Auch Ute war nichts als eine Nummer am Fließband der Geschichte.

Zum ersten Mal seit dem Tag ihrer Verhaftung war Karla nun ganz alleine: Ein unglaubliches Hochgefühl stellte sich ein, als sie auf ihrem Kopfkissen einen dicken Umschlag liegen sah. Karla erkannte sofort Hollys Schrift.
Sicher war ein Brief von Lars darin. Endlich. Sie wollte ihn lesen, an dem Papier riechen, ihm so nahe wie möglich sein. Irgendwer hatte ihn bereits geöffnet und nach verdächtigem Inhalt untersucht.
Ein kleines von Kinderhand gemaltes Bild zierte den Umschlag – Hollys ganz persönlicher Gruß. Karla war gerührt und voller Erwartung. Was würde Lars ihr schreiben? Vermisste er sie genauso wie sie ihn?
Doch im Umschlag steckte kein Brief, sondern nur eine kleine, schwarze Kladde, die ihr sehr bekannt vorkam: Es handelte sich um Amalies Rezeptbuch, das sie immer bei sich getragen hatte und das offenbar bei dem Einbruch aus dem Haus entwendet worden war. Die Beamten an der Pforte hatten an der Postsendung wohl nichts Verdächtiges bemerkt und das Büchlein

einfach durchgewunken. Sie begann zu lesen, so aufmerksam, wie sie noch nie Rezepte gelesen hatte. Ihr lief das Wasser im Mund zusammen: An die Kreativität ihrer Mutter in der Küche würde sie nie heranreichen können – sie hatte so unglaublich viel experimentiert und Neues erfunden – auf jeder Seite des Buches hatte sie im Nachhinein Anmerkungen und Ergänzungen zu den Rezepten vorgenommen, sie verfeinert und verbessert. Karla fiel auf, dass ausgerechnet über den Gaumenschmeichlern – Amalies Spezialität – sehr häufig zwei Buchstaben mit Datum versehen waren: LC stand da beispielsweise am 6. Juni 1970 über einer selbst gemalten Speisekarte, an dem Tag hatte es offenbar gebratene Jakobsmuscheln mit Chili-Paprika-Dip, Zuccini-Puffer mit geräucherter Forelle und Kastaniencreme auf Dornfelderkirschen gegeben. Was wollte Lars ihr mitteilen, indem er ihr diese Kladde schickte? Sie schaute sich Hollys Zeichnung auf dem Umschlag noch mal an: Zwei Frauen, ein Junge standen am Meer. Die Frauen hielten sich an der Hand – darunter hatte sie in ihrer krakeligen Drittklässer-Schrift ›Amalie und Mariella‹ geschrieben, der Junge hieß ›Ludwig‹. Dann war Ludwig vielleicht Mariellas Sohn? Ob Holly ihn persönlich kannte? Woher sonst konnte sie über ihn Bescheid wissen? Und wie war sie in den Besitz der Kladde gekommen? Was bedeutete dieses Kürzel ›LC‹, das einige Rezepte zierte? Laut Poststempel war der Brief in Mannheim aufgegeben worden, also steckte nicht Lars, sondern Holly dahinter. Ob die Kleine ihr etwas mitteilen wollt? Nur was?

***

Karla war so dankbar, dass Lars ihr spontan für diese Nacht ein Bett im Forellenhof angeboten hatte – das ›Amuse Gueule‹ erschien ihr nach dem Überfall wirklich nicht mehr sicher.

Sie machte es sich mit angewinkelten Beinen in ihrem Jogginganzug auf dem alten Sofa im Wohnzimmer gemütlich und merkte jetzt, wie sich die Ereignisse des Tages langsam setzten:

War es tatsächlich erst heute Morgen gewesen, dass sie den demolierten Wagen zur Reparatur gebracht hatte? Dann diese seltsam anmutende Postkarte aus dem Jahr 1970, die ihre Mutter offenbar an Anton geschrieben hatte. So, als wäre er mehr als nur ein Freund in der Ferne. Welches Geheimnis teilten die beiden seit so langer Zeit miteinander? Und wer war dieser Ludwig?

Karla wusste, dass sie ihre kranke Mutter zur Zeit von jeglicher Aufregung fernhalten musste – vor allem von Lars' abstruser Mordtheorie. Andererseits würde sie die alte Frau nur zu gerne nach dieser lange zurückliegenden Geschichte befragen. Lars hatte ebenfalls zugegeben, dass er ratlos war, wie sie weiter verfahren sollten. Würde er seinen Vater in dieser Sache zur Rede stellen, würde herauskommen, dass er in dessen privaten Dingen herumschnüffelte. Ein Vertrauensbruch, gerade jetzt, wo es darum ging, auf welcher Ebene Vater und Sohn in Zukunft zusammenarbeiten würden.

Holly saß neben ihr und glotzte ohne jegliche Gesichtsregung auf den Fernsehapparat. Stars Wars – The Clone Wars. Unbegreiflicher Mist in Karlas Augen – für Kinder wie Holly aber offenbar das Beste, was gerade auf dem Kinderkanal präsentiert wurde. Gehörte die Kleine nicht längst ins Bett? Es war ja bereits weit nach 21 Uhr.

»Wie lange darfst du denn aufbleiben?« Karla nippte an ihrem Ingwertee. Gut für die Nerven sei der, hatte Lars behauptet und sogar eine Zimtstange in die Tasse gestellt. Er dagegen hatte sich ein Bier aufgemacht, das jetzt verwaist auf dem Wohnzimmertisch stand. Wo blieb er denn überhaupt?

»Am Wochenende so lang' ich will!« kam die knappe Antwort.

Der Film kam gerade zu einem dramatischen Höhepunkt, was man daran merkte, dass die Musik plötzlich doppelt so laut wurde. Karlas Kopf schmerzte immer noch von dem Schlag, jetzt drohte er nahezu zu zerplatzen.

Natürlich hatten sie dem Kind nichts von dem Überfall erzählt. Holly hatte auch nicht nachgefragt, warum die Nachbarin heute Nacht im Gästezimmer einquartiert wurde. Sie schien sich darüber gar nicht zu wundern. Kurz fragte Karla sich, ob Lars vielleicht häufiger mal seine Eroberungen in Hollys Beisein mit nach Hause brachte? Klara schätzte ihn nicht so ein.

»Echt, solange du willst?«

»Ja echt. Du ja auch.«

»Stimmt.« Bin aber auch dreißig Jahre älter als du, dachte Karla, sprach es aber lieber nicht aus, um nicht spießig zu wirken. Irgendwie wollte sie erreichen, dass dieses Mädchen sie mochte. Wieso? Weil sie sich in dessen Vater verguckt hatte?

»Wo ist Dad eigentlich?«, fragte nun auch Holly. Es war das erste Mal, dass sie das Gespräch eröffnete. Ein Annäherungsversuch?

»Das frage ich mich auch, er wollte nur sein Handy im Auto suchen, weil er es dort vergessen hat. Jetzt ist er schon zwanzig Minuten draußen, seltsam.«

»Wahrscheinlich telefoniert er wieder mit Mama«, sagte Holly und rollte mit den Augen. »Sie reden immer über mich, weil sie kein anderes gemeinsames Thema mehr haben, seit sie getrennt sind. Holly hier, Holly da – als würde es sonst nichts geben auf der Welt. Erwachsene! Echt!«

Karla schmunzelte. Die Kleine war schon irgendwie besonders. Sie hatte so ein tiefes Verständnis von zwischenmenschlichen Vorgängen, eine Art emotionale Intelligenz. Dabei schien sie über allem zu stehen. Ob sie die Trennung ihrer Eltern gänzlich überwunden hatte? Oder, wie viele Trennungskinder, insgeheim hoffte, dass wieder alles gut werden würde?

»Habt ihr morgen etwas Schönes vor, dein Papa und du?«, bemühte sich Karla das Gespräch am Laufen zu halten.

»Nö, nix Besonderes«, sagte Holly knapp. »Du?«

»Ich habe am Abend Gäste im ›Amuse Gueule‹ und werde wohl den halben Tag in der Küche verbringen. Ich muss noch ein paar Kleinigkeiten besorgen, die Speisekarte fertig schreiben und dann ein Menü zaubern, das einer Gourmet-Küche zur Ehre gereicht.« Karla seufzte. Sie hatte sich vorgenommen, für das Menü nur Produkte aus der Region zu verwenden. Das machte den Einkaufszettel zu einem Spießrutenlauf. Aber so würde sie zu jedem Gericht auch über Herkunftsort und Verarbeitungsweise der Zutaten Auskunft geben können.

Panierte Blutwurst

ca. 6 Portionen / am besten warm

200 g Blutwurst am Stück (im Naturdarm)
4 EL Mehl
1 Ei
4 EL Semmelmehl
150 ml Öl zum Braten
3–4 Essiggurken
18 Perlzwiebeln, Pumpernickel

Die Blutwurst in 1 cm dicke Scheiben schneiden. Das Mehl in eine kleine Schüssel geben. Das Ei in einer kleinen Schüssel verquirlen. Das Semmelmehl in eine kleine Schüssel geben. Nun die Blutwurstscheiben zuerst in Mehl wenden, danach in dem Ei und zuletzt in Semmelmehl.
Öl in einem kleinen Topf erhitzen und die Wurstscheiben portionsweise darin von beiden Seiten goldbraun braten. Auf Küchenpapier etwas abtropfen lassen.
Die Essiggurken in Scheiben schneiden. Die panierten Wurstscheiben mit je 1 Perlzwiebel und 1 Gurkenscheibe auf eine Scheibe Pumpernickel spießen.

»Darf ich dir morgen dabei helfen?« Hollys Augen funkelten aufgeregt. »Ich kann super kochen. Du wirst ja sehen. Ich möchte nämlich auch mal Köchin werden.«

Karla merkte, dass sie sich über dieses Angebot richtig freute. »Dann aber ab ins Bett, dass du morgen ausgeschlafen bist.«

Ohne Widerstand düste das Mädchen ab, drehte sich auf der Treppe noch mal herum und sagte: »Grüß Papa, wenn er kommt. Und gib ihm einen Kuss von mir.« Holly zwinkerte ihr verschwörerisch zu und hüpfte dann leichtfüßig nach oben.

***

Okay, ich will nicht lügen: Ich habe Amalie vom ersten Moment an gehasst, weil ich gespürt habe, dass sie mir meine Mutter wegnehmen will. Kinder merken ja so etwas. Und ich bin ja schon immer ein sensibles Bürschchen gewesen. Dennoch habe ich es nicht verhindern können, was später geschah. Das mache ich mir bis heute zum Vorwurf. Manchmal denke ich, irgendeine dunkle Macht hat die Pfälzerin auf die Insel geschickt, um meiner Mutter das Herz zu brechen und unser Leben zu zerstören. Dieser Tag, an dem die Mannweiler mit ihrem geblümten Kleid und ihrer kleinen, braunen Reisetasche von Bord ging, hat unser Leben verändert. Die beiden Frauen sind sofort unzertrennlich gewesen: Gemeinsam liefen sie am Wochenende zur Bill oder trafen sich regelmäßig am Abend in einem Strandcafé. Endlich hatte meine Mutter eine Freundin, die ihre Interessen teilte. Die beiden probierten immer mal wieder Gerichte aus: Amalie experimentierte in der Küche und meine Mutter aß und genoss. Warum die Koch-Orgien ausschließlich bei ihr und nie bei uns zu Hause stattgefunden haben, weiß ich nicht. Ich nehme an, dass ich dabei der Störfaktor war. Meine Mutter Mariella, alleinerziehend und von jeher pflichtbewusst, liebte das Gefühl, endlich mal wieder frei zu sein – wenn auch nur für ein paar Stunden. Die beiden waren sich offenbar selbst genug. Ich habe jedenfalls nie einen Mann an der Seite meiner Mutter gesehen, ich weiß ja nicht mal, wer mein leiblicher

Vater ist. Man hat mir sogar mal gesagt, dass ein Saisonarbeiter meine Mutter vergewaltigt haben soll. Sie wollte nie darüber sprechen. Heute denke ich, dass sie sich überhaupt nicht für Männer interessiert hat, sondern für Amalie entflammt war. Ja, jetzt ist es raus. Ich glaube, meine Mutter und Amalie waren ein Liebespaar.

***

Es war noch früh am Morgen, als Karla die Augen aufschlug und erst nach einer Weile realisierte, dass sie sich im Gästezimmer des Forellenhofs befand. Das fremde Bett war voller Decken und Kissen, alles zerwühlt – und mittendrin lag sie, nackt. Karla seufzte. Ihr Körper fühlte sich weich an, ausgelaugt, erschöpft, froh. Sie konnte diese Nacht mit Lars nicht geträumt haben – zu viel Nähe, zu viel Leidenschaft und zu wenig Schlaf. Diesmal waren sie nüchtern gewesen – und ganz gewollt einander nähergekommen. Ganz nahe.

Karla ließ in Gedanken den gestrigen Abend Revue passieren: Während Lars erfolglos draußen das Auto nach seinem Handy abgesucht hatte, hatte sie es sich mit Holly im Wohnzimmer gemütlich gemacht. Später, als die Kleine ins Bett gegangen war, hatte Karla in der fremden Küche mit allem, was sie finden konnte, eine Platte mit Gaumenschmeichlern gezaubert: Oliven, Reste einer Quiche, Paprika-Laugen-Crostini, panierte Blutwurstscheiben, Datteln im Speckmantel. Der Gruß aus der Küche sollte seine Wirkung nicht verfehlen.

Doch als Lars dann aus den regennassen Klamotten gestiegen und kurz unter die Dusche gehuscht war, war er zunächst sehr aufgebracht gewesen: Vom Auto aus hatte er einen Mann in der Dunkelheit beobachtet, der sich an der Häuserwand entlang schlich. Erst auf den zweiten Blick hatte er seinen Vater erkannt.

Karla hatte ihn zu beruhigen versucht. »Er ist alt genug, dass er sich nicht abmelden muss, wenn er spazieren geht, oder? Vielleicht konnte er einfach nicht schlafen.« War es denn letztlich nicht egal, ob ihre Eltern irgendwelche Jugendsünden auf dem Kerbholz hatten? Und wenn sie vor Urzeiten ein Paar gewesen waren und ihre Korrespondenz gerne für sich behielten, dann bitte schön.

»Aber er hatte den Schuhkarton unter dem Arm, den mit den Briefen. Ich bin mir sicher, weil das Ding jetzt nicht mehr oben auf dem Schrank steht. Warum ist er damit mitten in der Nacht in den Wald gelaufen?« Lars schien extrem beunruhigt, die ganze Sache nahm ihn offenbar sehr mit. Er hatte also eine ganze Weile gebraucht, bis er zugänglicher und ruhiger wurde.

»Greif zu«. Lächelnd hatte sie ihm die Platte Köstlichkeiten unter die Nase gehalten. Und diesmal war es nicht der Alkohol, der sie zueinander brachte: Es war eine Art Magnetismus. »Amuse Gueules machen Appetit auf die Hauptspeise«, hatte er ihr schließlich zugeflüstert und sie unter leisem Protest behutsam nach oben ins Gästezimmer geschoben.

An all das musste sie jetzt denken, als sie sich genüsslich streckte und reckte. Am ganzen Körper hatte sie eine Gänsehaut. »Lars Becht, ich mag dich«, flüsterte sie. Auch, wenn sie wusste, dass das nur eine Trockenübung war, hörte es sich verdammt gut an. »Ich mag dich wirklich!«, sagte sie noch einmal. Und jetzt fand sie es sehr schade, dass er gerade nicht hier war. Liebe am Morgen – wie sehr hatte ihr das all die Jahre gefehlt. KISS LOCAL, Karla musste über diesen Slogan kichern. Er war zwar albern, aber wahr: Selbst in Liebesdingen musste man nicht in die Ferne schweifen, weil das Gute so nahe lag. Tschüss Genussmensch68, dachte Karla. Und viel Glück bei deiner Suche nach der großen Liebe. Ich habe meine vielleicht schon gefunden ...

***

Mit dem Abstand einer Nacht kam es Karla tatsächlich seltsam vor, dass der alte Becht seine Geheimkiste in der Dunkelheit in den Wald getragen hatte. So, als habe er etwas zu verbergen. Andererseits war er sicherlich der Meinung, dass seine

Vergangenheit niemanden etwas anging. Schon gar nicht seinen Sohn. Karla zog sich ihre Kleider über, die überall im Zimmer verstreut lagen. Dann trat sie ins Treppenhaus, auch hier war keine Spur von Lars zu sehen.

»Holly?«, rief sie und schlich wie ein Dieb die Stiege herunter. Sie war in diesem Haus ja nur Gast und kam sich gerade ziemlich fehl am Platz vor. Da stand er plötzlich vor ihr: Anton Becht hatte eine schwere abwaschbare Schürze an, wie man sie beim Schlachten trägt. In der einen Hand hielt er sein blutiges Messer, mit dem er den Forellen immer den Kopf abschlug, mit der anderen umfasste er ein Tranchiermesser für die filigranen Arbeiten. Genau so hatte sein Sohn vor wenigen Tagen vor ihr gestanden und ihr Angst gemacht. »Ich bin alleine hier. Alle anderen sind ausgeflogen«, sagte er. Er starrte sie lange schweigend an. »Willst du einen Kaffee?« Das klang schon freundlicher.

»Ja, gerne.« Karla verschwand kurz im Bad. Ein Blick in den Spiegel bestätigte ihre schlimmsten Befürchtungen: Ihre Frisur sah furchtbar aus, unter den Augen zeigten sich dunkle Ränder. So ungeschminkt würde sie in Köln nie auf die Straße gehen, geschweige denn auf die Arbeit. Für den Fotografen des neuen EAT LOCAL-Flyers hatte sie sich letztens sogar mit hochgesteckten Haaren und im Kostüm fotografieren lassen – ganz Business-Woman und weniger Öko-Tussi, die sie tatsächlich mal voller Überzeugung gewesen war.

Als Karla in die Küche kam, stand ihr Kaffee schon bereit. »Ich nehme an, du trinkst ihn schwarz«, sagte er.

»In der Tat.«

»Wie deine Mutter«, Becht setzte sich zu ihr. »Hast dich in Köln selbstständig gemacht und bist jetzt erfolgreiche Geschäftsfrau, richtig?«

»Ich betreibe einen Catering- und Partyservice mit regionalem Essen, vorzugsweise Bio-Qualität. Läuft gut, in einer großen Stadt wie Köln setzen viele auf bewusstes Essen, es gibt eine sehr aktive BUY LOCAL Szene. Immer mehr Leute kaufen lieber im Geschäft nebenan ein als bei einer riesigen Kette oder so. Die Geschäfte lassen sich da tolle Sachen einfallen, um das den Leuten schmackhaft zu machen.«

»Das ist nicht neu, das machen die Bauern auf dem Land schon lange, ihr eigenes Gemüse anpflanzen und Hausschlachtung.«

Karla wusste, dass sich an dem Thema schon mal gerne die Gemüter entzündeten. Wollte Anton Becht nun eine Diskussion anzetteln? Da er dabei aber freundlich lächelte, war es offenbar eher als nettes Gesprächsangebot gemeint.

»Dann nenne es eben Rückbesinnung auf gute, alte Werte«, konterte Karla und grinste ebenfalls.

»Malchen war früher auch immer so ehrgeizig. Sie wollte die beste Köchin Europas werden, das hat sie vielleicht nicht ganz geschafft. Aber immerhin hat sie die Gaumen der Pfalz erobert.«

»Und die Herzen«, wagte sich Karla vor. Ob sie auf diese Art und Weise etwas herausfinden würde über diesen mysteriösen und lange zurückliegenden Briefwechsel?

»Ja, beliebt war sie schon immer. Das stimmt. Die Köchin der Herzen wurde sie sogar mal in der Zeitung genannt, als man dem ›Amuse Gueule‹ 1982 seinen Stern verliehen hat.« Becht erhob sich langsam vom Tisch. Doch Karla brannte noch eine Frage auf der Zunge.

»Aber auch sie hat mal klein angefangen. Als sie nach Juist zur Lehre ging, hatte sie da ihren Traum vom eigenen Restaurant schon vor Augen? Galt sie damals schon als besonders begabt?«

Unbestritten lag jetzt etwas in der Luft, eine leichte Spannung. Becht begann in der Küche zu hantieren und drehte ihr den Rücken zu, sodass Karla mit keiner Antwort mehr rechnete, als sie plötzlich seine tiefe Stimme vernahm.

»Sie stand ja damals noch ganz am Anfang ihrer Kunst. Die Zeit auf der Insel war enorm wichtig. Sie hatte am Juister Hof nicht nur viel Arbeit, sondern auch den Freiraum, Experimente zu machen, die sie erst dahin gebracht haben, wo sie heute ist. Jedes einzelne berühmte Gericht wäre ohne die Juister Jahre gar nicht denkbar.« Er steckte den Zeigefinger in eine Soße und schmeckte sie ab – offenbar fehlte etwas, er verzog das Gesicht. »Und natürlich hätten sie sie gerne behalten dort. Aber sie wollte dann zurück. Eine gute Entscheidung, denn dann hast du dich ja auch schon bald angemeldet. Als alleinerziehende Mutter hätte sie als Lehrmädchen dort ja sowieso nicht weiter arbeiten können.«

Angemeldet! Wie das klang. Als hätte sich jemals ein Mensch freiwillig für diese verrückte Welt entschieden. Und sich per Formular angemeldet. Bei ihr jedenfalls, die über ihren Vater nichts wusste und nichts über die näheren Umstände ihrer Zeugung, konnte erst recht nicht von einer Anmeldung die Rede sein. Und wie es mal wieder anklang, war die Schwangerschaft zu einem denkbar ungünstigen Moment gekommen. Ob Becht etwas über ihren Vater wusste? Vermisst hatte Karla ihn nie, auch nicht als kleines Mädchen. Sie kannte es ja eben auch nicht anders, als mit ihrer Mutter alleine zu sein.

»Guten Morgen«, Lars stand an der Tür, wer weiß, wie lange schon. Er sah blendend aus. Man sah ihm die durchwachte Nacht gar nicht an. Verschwörerisch zwinkerte er ihr zu. »Ist das Frühstück schon fertig?«

***

Wenn Anton Becht ein Foto von meiner Mutter besaß, musste er sie auch gekannt haben. Ob er Amalie mal auf Juist besucht und sie dabei kennengelernt hatte? Dem Foto zufolge musste das kurz vor Mutters Tod gewesen sein. Ich hatte keine Erinnerung an ihn, das aber musste nichts heißen. Auf Juist hielten sich viele fremde Menschen auf, die uns Kindern im Loog nie begegneten.

Auf meinem zweiten Streifzug durch den Forellenhof habe ich einen weiteren, wichtigen Puzzlestein meiner Geschichte gefunden. Im Keller bin ich nämlich auf einen Raum gestoßen, der sofort meine Aufmerksamkeit fesselte: Die Regale dort waren voller Gewürze, alle fein säuberlich beschriftet. Es duftete herrlich nach Thymian, Oregano und Basilikum. Es gab dort auch eine Glasvitrine, die abgeschlossen war. Der Schlüssel aber steckte. Ich untersuchte die kleinen Fläschchen, die mit LC beschriftet waren – auf diesen Kürzel war ich ja schon in Amalies Kladde gestoßen. Mir kam ein schlimmer Verdacht. Um herauszufinden, ob ich recht hatte, schüttete ich den Inhalt eines Fläschchens

kurzerhand in den Fischteich. In dem Moment wurde ich vom Hausherrn persönlich entdeckt und musste fliehen. Anton Becht. Den hatte ich bislang noch gar nicht auf dem Schirm gehabt ... Das sollte sich jetzt ändern.
Unsere kurze Begegnung hatte offenbar nachhaltigen Eindruck hinterlassen: Warum sonst ist er plötzlich nachts im Regen in den Wald gegangen und hat einen Haufen Briefe, Fotos und Postkarten verbrannt? Warum hat er der Polizei nicht die Wahrheit gesagt, dass ich zahlreiche seiner Fläschchen aus seinem Haus entwendet habe? Weil er diese alte Geschichte verbergen möchte, ist doch klar. Na, wenn das kein Beweis ist, dass Amalie und er meine Mutter auf dem Gewissen haben?

***

Lars hatte Karla eine ganze Weile hinterhergeschaut. Er hatte ihr gerne sein Auto geliehen, wo er sie gestern schon mehr oder weniger genötigt hatte, mit ihm zum Forellenhof zu kommen. Wacker, nach dem Überfall gestern Abend und der fast schlaflosen Nacht einfach so zur Tagesordnung überzugehen und sich früh am Morgen ans Besorgen der restlichen Dinge zu machen, die für das Menü am Abend noch fehlten. Beeindruckend, wie Karla sich für das ›Amuse Gueule‹ einsetzte, dessen Zukunft ihr laut eigener Aussage eher egal war. Sie tat es offenbar für ihre Mutter, an der sie mehr hing, als man gemeinhin dachte. Karla war wirklich eine tolle Frau, das musste er zugeben. Doch machte es Sinn, auf eine feste Beziehung zu hoffen? Er, der alleinerziehende Vater, nach Aussage seiner Ex beziehungsunfähig und zurzeit viel zu sehr mit sich selbst beschäftigt. Vielleicht würde er bald den Forellenhof übernehmen und würde sich somit auf lange Zeit an diesen Ort binden. Sie dagegen als erfolgreiche Geschäftsführerin von EAT LOCAL hatte sich für das Leben in der Großstadt entschieden. Doch Holly schien Karla sehr zu mögen, das war wiederum ein gutes Zeichen. Das Wichtigste überhaupt. Wo war seine Tochter überhaupt? Lars hatte sie seit dem Frühstück nicht mehr gesehen.

»Holly?« Er ging um das Haus herum. Es würde heute ein schöner Tag werden, die Sonne schien schon jetzt am Morgen mit voller Kraft. Sie würden vielleicht erstmals in diesem Jahr den Biergarten öffnen können. »Holly?« Wahrscheinlich war die kleine Hexe im Haus und hatte sich heimlich mit ihrem iPad voller Spiele irgendwo verschanzt. Auch etwas, was ihm seine Ex-Frau immer vorwarf, dass er die Tochter nicht strenger führte. Doch wenn er sie eben nur alle zwei Wochen sah, fiel es ihm schwer, den gestrengen Erzieher zu spielen. Er wollte, dass sie es schön hatte bei ihm. Dass sie gerne zu ihm kam, wenn sie schon auf ihre Freundinnen und Spielsachen verzichten musste. »Wo bist du, Holly?«

Ein seltsames Gefühl beschlich ihn. Es würde schon nichts passiert sein, versuchte er sich einzureden. Er schaute aus dem Fenster zu den Fischteichen im hinteren Teil des Gartens. Dort schien alles ruhig. Irgendwie fast schon zu ruhig. Denn dort, wo sonst Frösche quakten und Libellen zirpten, war es jetzt seltsam still.

***

Wie sollte sie sich nach diesem Gefühlsorkan auf die Strecke geschweige denn auf den Einkaufszettel konzentrieren? Pastinaken fehlten noch, Salat und frische Kräuter. War es das? In Gedanken war Karla bei ihm – kein Wunder, selbst das Auto roch nach Lars. So, als wäre er hier, neben ihr. Karla fuhr mit dem fremden Auto schneller als erlaubt, sie wollte eben eilig diesen letzten Gang erledigen, bevor es an die eigentliche Arbeit in der Küche ging. Sie kurbelte das Fenster hinunter. Wie gut die Luft tat, der Sauerstoff! Das satte Grün der Bäume wechselte sich mit dem Rot der Sandsteinfelsen ab – Wald zu beiden Seiten der Straße, soweit man sehen konnte. Sie ließ die letzten Tage Revue passieren. Was für eine Fülle an Eindrücken und seltsamen Vorkommnissen. Und so viele offene Fragen.

Was war passiert in diesem Sommer 1970 auf Juist? Und wer um alles in der Welt war dieser Ludwig? Welches Geheimnis hatten

Amalie und Anton all die Jahre vor ihren Familien verheimlicht? Standen die Bechts und Mannweilers nicht seit Ewigkeiten miteinander im Clinch? Diese Romeo und Julia Geschichte passte irgendwie gar nicht zu ihrer Mutter. War sie wegen ihm nach Juist gegangen? Weg von Anton, weg von der unmöglichen Liebe? Warum dann aber all diese Postkarten und Briefe? Und wieso war ihre Mutter plötzlich – noch vor Beendigung ihrer Lehre – wieder in die Pfalz zurückgekehrt? Aus welchem Grund?

Ein Blick auf ihr Smartphone zeigte Karla, dass sie wieder Empfang hatte: Mehrere WhatsApp-Nachrichten, SMS, Mails und verpasste Anrufe wurden auf dem Display angezeigt. Sicher waren die meisten auf der beruflichen Mail-Adresse aufgelaufen. Vollkommen ungewöhnlich, dass sie mal ein Wochenende lang keine Nachrichten checkte – genau genommen war sie für EAT LOCAL immer im Dienst. Es waren zwei Anrufe von Unbekannt dabei und eine Sprachnachricht von Ruth Olef, die offenbar seit gestern Abend Sarina Jakobi zu erreichen versuchte. Sie wolle jetzt doch den Borschtsch und außerdem noch eine Käseplatte und bitte um Rückruf. Was war da los? Sarina war doch sonst so verlässlich.
Karla steckte das Verbindungskabel in die Freisprechanlage, während sie das Ortsschild Kaiserslautern passierte. Seltsam, die Freundin ging wirklich nicht ans Handy, war aber auch nicht im Büro zu erreichen. Erst auf dem privaten Festnetztelefon hatte sie Glück.

»Hallo?« Jemand schluchzte am anderen Ende der Leitung.

»Alles okay bei dir? Sarina, bist du es?«

»Es tut mir so leid!« Wieder Schluchzen.

»Was ist los?« Karla sorgte sich um die Freundin.

Sarina schnäuzte sich laut die Nase. »Ich wollte dich eigentlich überraschen. Und jetzt ... geht das Ganze nach hinten los. Blind vor Liebe, wie man so schön sagt. Oder besser dumm wie Brot.«

»Hä? Ich verstehe gar nichts.«

»Ich habe jemanden kennengelernt. Weißt du, vom Äußeren genau mein Typ, groß und gut aussehend. Er hat mir immer so nette Komplimente gemacht ...«

»Moment, mal: Willst du etwa sagen, kaum bin ich weg aus

Köln, verliebst du dich? Das ist ja der Hammer! Das ist doch ganz wunderbar, Süße!« Karla war überhaupt nicht enttäuscht, dass Sarina ihr das verschwiegen hatte. Sie konnte es sogar gut nachvollziehen, dass man erst mal mit sich selbst im Reinen sein wollte, in welche Richtung eine Beziehung ging, bevor man sein Glück in die Welt hinaus schrie.

»Er hat mich total verarscht, Karla«, sagte Sarina. »Ich habe nicht verstanden, dass er gar nicht an mir interessiert war. Er hatte was ganz anderes im Sinn ...«

»Ich höre zu«, Karla schwante, dass Sarina ihr noch aus einem anderen Grund diese Geschichte verheimlicht hatte. Ob es sich vielleicht um einen Kunden handelte? Das wäre natürlich heikel, im Grunde ein absolutes No-Go. Karla bog auf den Parkplatz des Großmarktes ein und stellte das Auto geschickt im Schatten ab. Dann kurbelte sie die Scheibe nach oben, schlagartig wurde es drinnen stickig.

»Ich habe ihm deinen Aufenthaltsort verraten. Er wollte unbedingt wissen, wo du bist«.

»Bitte? Von wem sprichst du überhaupt?«

»Timo rief hier mehrmals an in den letzten Wochen und wollte immer dich sprechen. Wenn du nicht da warst, haben wir uns nett unterhalten. Immer länger und intensiver. Über die neuesten Kinofilme, die coolsten Biergärten, über unsere Jobs. Er war so charmant und zuvorkommend und ...«

»... interessiert an allem«, ergänzte Karla. Auch sie war von Genussmensch68 mit seiner Filmbegeisterung angesteckt worden, hatte mit ihm über die Kölner Biergärten gefachsimpelt, um sich schließlich mit ihm im Alten Schwimmbad zu verabreden, wo es angeblich die besten Pommes der Stadt gab. Das Treffen hatte sie ja dann wegen Mutters Unfall absagen müssen. Fuhr der Typ zweigleisig? Warum trieb er sein doppeltes Spiel ausgerechnet mit Frauen, die sich gut kannten? War das der besondere Kick?

»Am Donnerstag, du warst gerade weg, stand er plötzlich vor der Tür im Büro. Er hat wohl beobachtet, wie du weggefahren bist, und war unglaublich enttäuscht. Da war mir klar, dass er die ganze Zeit nur dich im Kopf hatte ...«

Das war ja ein Ding. Sarina hatte ihr einen Typen ausspannen wollen. Und jetzt schluchzte sie, weil es nicht geklappt hatte. War es jetzt an ihr, sie zu trösten? Als habe die Freundin ihre Gedanken erraten, bemühte sie sich um Klärung. Oder eher so etwas wie Schadensbegrenzung?

»Er war nur so lange nett zu mir, bis ich ihm verraten habe, wo du hingefahren bist. Er hat es sich dann notiert und ist gegangen.« Sie räusperte sich und machte eine kurze Pause. »Hat Timo sich denn nicht bei dir gemeldet?«

»Nein«, Karla war nicht nur überrascht, sondern auch leicht beunruhigt. Was, wenn er ein gefährlicher Stalker war? Im Grunde kannte sie ihn gar nicht, er aber fragte ihre Kollegin nach ihrem Aufenthaltsort aus.

»Mir geht es jetzt viel besser, wo du davon weißt.«

»Mach dir keine Gedanken, er ist mir nicht wichtig. Vielleicht solltest du ihn besser auch vergessen«, sagte Karla, um dem Gespräch noch eine versöhnliche Wendung geben.

»Ja, du hast recht. Puh, ich bin jetzt echt erleichtert.« Sarina versprach, sich sofort bei Olefs zu melden und legte auf.

Karla schnappte sich den Einkaufszettel und stieg aus dem Auto. Da klingelte erneut ein Telefon, wenngleich nicht ihr eigenes. Die unbekannte Melodie – laut und schrill – kam offenbar aus dem Innenraum von Lars' Auto. Erst nach einigen Minuten barg sie sein Handy aus der engen Lücke zwischen Handbremse und Sitz. Laut Display hatte Holly schon mehrfach versucht, ihren Vater zu erreichen – natürlich erfolglos. Das Mädchen nun über das fremde Gerät zurückzurufen, stand ihr nicht zu. Sie würde Lars sein Smartphone ja gleich zurückgeben können, Karla steckte es in ihre Handtasche. Was die Kleine wohl von ihm wollte?

***

Ist mir schon klar, dass das für die Enkelin ne fiese Sache war. Aber wenn der Becht den Schuss nicht hört, wird eben lauter geschossen. Also im übertragenen Sinn, mein' ich das. Ich mach' doch nicht extra diese weite Reise, setz mich wochenlang in eine verkackt feuchte Höhle, um von diesen Pfälzern nach Strich und

Faden verarscht zu werden. Ich war grade sowieso total sauer, dass der Becht die alten Briefe und Fotos im Wald abgefackelt hat, da läuft mir prompt unten am Fluss die süße Holly über den Weg. Eine Begegnung, von der ich noch heute zehre. Das war wie Fügung, Schicksal und Geburtstag in einem. Sie ist unglaublich nett und schlau, nicht wie ihr Großvater, dieser Holzklotz. Ein ganz besonderes Kind jedenfalls. Sie setzte sich zu mir auf die Bank und erzählte, dass sie gerade ihre Mutter ganz arg vermisse, aber gleichzeitig auch ihren Vater liebe. Ich habe ihr erzählt, dass ich meinen Erzeuger gar nicht gekannt habe, weil er ein Saisonarbeiter gewesen ist und dass meine Mutter ganz früh gestorben ist. Und wissen Sie, was sie gesagt hat? Ich könnte immer noch heulen, wenn ich daran denke: Sie hat gesagt, dass ihr das unendlich leidtut. Wissen Sie, dass das der erste Mensch auf Erden ist, der mir das aufrichtig ins Gesicht gesagt hat? Sie ist erst acht Jahre alt, fast im selben Alter wie ich damals, als das mit meiner Mutter passiert ist. Und sie hat die Reife, mir so etwas zu sagen. Deshalb habe ich ihr versprochen, dass ich ihr etwas schenken werde, sie müsse mich nur in meine Höhle begleiten. Sie hatte sowieso gerade Langeweile und kam tatsächlich mit. Vielleicht war das ein Fehler, sie an diesen Ort einzuladen. Das kann sein. Aber ich bin ja eben auch nur ein Mensch.

***

Lars starrte auf den Teich, auf dem dicke, weiße Fischleiber trieben – die Tiere waren qualvoll verendet. Er wusste nicht, wie lange er hier so gestanden hatte, als sein Vater von hinten an ihn herantrat. Jetzt betrachteten beide die gruselige Szenerie, die sich ihnen darbot. Die Fischzucht war nicht nur Vaters Leidenschaft, sondern auch seine Existenzgrundlage. Wie er diesen Schicksalsschlag wohl aufnehmen würde?

»Ich hatte es befürchtet, diese Karla bringt uns nur Unglück. Sie hätte nie in die Pfalz zurückkehren sollen«. Anton Becht nahm den Kescher und fing damit ein totes Tier auf. Dann führte er den Leichnam behutsam auf die Wiese und kniete sich daneben.

Es schmerzte Lars das zu sehen. Dennoch konnte er das Gesagte so nicht stehen lassen. Wollte er ihn provozieren? »Bist du jetzt komplett verrückt geworden?«

»Im Gegenteil«.

Lars setzte sich auf den großen bemalten Fisch aus Glasfaser, der noch an das Kaiserslauterer Stadtjubiläum im Jahre 2001 erinnerte und sich vor allem bei den kleinen Gästen großer Beliebtheit erfreute. Worauf wollte der Alte hinaus?

»Ich weiß nur aus persönlicher Erfahrung, dass es nicht ungefährlich ist, sich mit den Mannweilers einzulassen. Sie hinterlassen überall verbrannte Erde.«

»Aha, dann gibst du es also zu?«

»Was?« Becht starrte immer noch auf den toten Fisch, der sein Maul weit aufgesperrt hatte und dessen Augen riesig aus dem Kopf heraustraten.

»Na, dass du mal mit Amalie zusammen warst. Du hast nie darüber gesprochen.« Keine Reaktion. »Und wenn ich dir sage, dass ich Karla tatsächlich mag? Dass sie seit Langem diejenige ist, mit der ich mir ein gemeinsames Leben vorstellen kann?«

Lars sah, wie der alte Mann zusammenzuckte. Es war unglaublich still im Tal. Nur die Pumpe am vorderen Teich sprudelte noch fleißig vor sich hin und ließ immer wieder einen Schub Sauerstoff in das Becken. Die Tierkadaver bewegten sich dann schneller und wirbelten leicht herum. Im Kreis. Er musste an seine Mutter denken, eine unglaublich sensible, herzliche Frau. Es war ihr damals nicht leicht gefallen, Pirmasens zu verlassen, um im Forellenhof die Gastwirtin zu geben. Sie hatte Hauswirtschaftslehre gelernt und eigentlich keine weiteren Pläne gehabt, als an der Seite eines Mannes mehrere Kinder zu bekommen. Anton Becht dagegen wollte nur einen Sohn. Als Frau eines Gastwirts wurde sie morgens schon auf den Großmarkt geschickt, am Tag hatte sie die Gaststube zu reinigen und abends im Service zu helfen. Jahrelang hatte sie unter ihrer angeborenen Immunschwäche gelitten. Als sie im Dezember 1983, kurz vor Weihnachten, verstarb, gab es auch das Herz des Forellenhofs nicht mehr. So viel Lars wusste, hatte sich seine Mutter nie mit dem Leben hier anfreunden können, auch mit der Nachbarin Amalie Mannweiler – dem oft einzigen Menschen weit und breit – gab es kaum Anknüpfungspunkte oder

Hackfleisch-Pizza

4 Portionen / gut vorzubereiten

Für die Hackfleischmasse:
250 g gemischtes Hackfleisch
1 Zwiebel
1 Knoblauchzehe
2–3 EL Semmelmehl
Salz, Pfeffer
Paprikapulver
1 TL Oregano
Olivenöl zum Braten

Für den Belag:
3–4 Tomaten
Salz
3 Kugeln Mozzarella (à 125 g)
Olivenöl
Pizzagewürz
3 Zweige Basilikum

Das Hackfleisch in eine Schüssel geben. Die Zwiebel schälen, klein würfeln und dazugeben. Die Knoblauchzehe schälen und zum Hackfleisch pressen. Das Semmelmehl und die Gewürze zugeben, gut durchkneten und kräftig abschmecken. Fleischmasse halbieren und 2 Rollen von ca. 5 cm Durchmesser formen. Das Olivenöl in einer Pfanne erhitzen und die Hackrollen von allen Seiten knusprig braun anbraten. Aus der Pfanne nehmen und über Nacht im Kühlschrank ruhen lassen.
Am nächsten Tag den Backofen auf 200 °C vorheizen. Die Hackfleischrollen in etwa 1,5 cm dicke Scheiben schneiden (ergibt ca. 12 Stück) und auf ein mit Backpapier ausgelegtes Backblech legen.
Tomaten waschen, abtrocknen und in 1 cm dicke Scheiben schneiden. Jeweils 1 Scheibe auf eine Hackfleischscheibe legen und leicht salzen. Den Mozzarella abtropfen lassen, ebenfalls in 1 cm dicke Scheiben schneiden und auf den Tomaten verteilen. Mit etwas Olivenöl beträufeln und den Oregano darüberstreuen. Im Ofen (Gas Stufe 3, Umluft 180 °C) überbacken, bis der Käse geschmolzen ist.

***TIPP:** Schmeckt auch mit Gouda oder Münsterkäse!*
***TIPP:** Natürlich lassen sich so auch übrig gebliebene Frikadellen ›aufhübschen‹.*

gar eine Freundschaft. Lars ahnte jetzt warum. Doch nun meldete sich sein Vater überraschend zu Wort: »Wir waren nie ein Liebespaar, jedenfalls nicht im herkömmlichen Sinn.«

»Ach?« Lars konnte einen gewissen Sarkasmus nicht verbergen. Was sollte der Tanz? Warum verriet er nicht endlich, was hinter dieser ganzen Geschichte steckte?

»Wir hatten nur«, er rang offenbar nach Worten, »dieselbe Passion, die gleiche Leidenschaft.«

Lars warf einen verstohlenen Blick zu seinem Vater. Hatte der etwa feuchte Augen? Selbst nach Mutters Tod hatte er kaum Gefühle zeigen können.

»Ich erinnere mich noch gut, als wir zum ersten Mal zusammen in der Küche standen, Malchen und ich – da waren wir siebzehn Jahre alt. Amalies Eltern waren ausnahmsweise mal ausgegangen, was sonst so gut wie nie vorkam und meine Eltern waren mit Freunden bis spätabends auf irgendeiner Kerwe, wie so oft. Wir hatten ja kein Auto und saßen beide hier im Tal fest, also verabredeten wir uns im ›Amuse Gueule‹ zum Kochen.« Becht bekam einen ganz sonderlichen Gesichtsausdruck. »Wir haben es sofort gespürt: Da lag plötzlich etwas in der Luft, so wie wir Hand in Hand arbeiteten und gemeinsam etwas schufen, das uns absolut befriedigte: Schon unser erstes Drei-Gänge-Menü war ein Meisterwerk – wir verzehrten es schließlich selbst. Nie zuvor hatte ich solche Geschmacks-Explosionen erlebt. Wir waren in den Wochen danach wie im Rausch, kochten für Freunde, unsere Eltern, die Gäste des ›Amuse Gueule‹.« Er wischte sich über die Augen, sie waren jetzt von einem seltsamen Glanz.

»Ihr hättet zusammen weiter kochen können, ein gemeinsames Restaurant eröffnen. Anstatt euch einen lebenslangen Konkurrenzlauf mit zwei so unterschiedlichen Gaststätten zu liefern«, Lars wusste nicht, worauf diese Geschichte hinauslaufen sollte, aber er war froh, dass sie endlich – nach all den Jahren – einen Raum bekam.

»Als unsere Eltern merkten, dass wir uns immer häufiger trafen, schickten die Mannweilers ihre Tochter nach Juist in die Lehre. Sie waren strikt gegen unsere Verbindung. Es gab dort eine entfernte Bekannte und die Möglichkeit, über sie am Juister Hof eine Stelle zu bekommen. Zuerst waren wir untröstlich, aber wir haben uns weiter heimlich geschrieben und auch Rezepte ausgetauscht. Allerdings ...« Er scharrte gedankenverloren mit dem Schuh in der Erde. »Allerdings wurden ihre Briefe immer seltener. Sie hatte sich auf der Insel verliebt und hielt sich lange bedeckt, um wen es sich handelte. Ich aber litt wie ein Hund, ich liebte sie über alles. Das war mir inzwischen klar geworden.«

Verrückte Geschichte, befand Lars. Dennoch eher harmlos, im Gegensatz zu seinen wilden Mord-Theorien, die er sich in den letzten Tagen im Kopf zurechtgelegt hatte. Unklar war immer noch, wer dieser Ludwig war. Amalies neue Liebe? ›Ludwigs Mutter braucht uns‹, hatte sie an Anton geschrieben. Wieso ausgerechnet an ihn?

Gerade, als er seinen Vater danach fragen wollte, klingelte im Haus das Telefon. Holly! Hoffentlich war ihr nichts zugestoßen! Ohne ein Wort zu sagen, sprintete er los, fiel fast über die Türschwelle und hechtete ins Wohnzimmer, um rechtzeitig den Hörer abnehmen zu können. »Ja? Hallo?«

»Volker Hartwig«. Lars hatte seinen Schulfreund Volker schon seit Jahren nicht mehr gesehen, erkannte aber sofort seine Stimme. Manchmal konnte man in der Zeitung von ihm lesen, seit er eine Karriere bei der Polizei angetreten hatte: Er wurde immer dann zitiert, wenn es in der sonst eher ruhigen Westpfalz einen versuchten Totschlag oder – noch seltener – einen Mord gegeben hatte: Hartwig arbeitete bei der Mordkommission.

***

Das Einzige, das mich aufrecht hielt, war, dass ich meiner Mutter bald ganz nah sein würde. Das ist auch heute noch mein einziger Trost, wenn es vorbei sein sollte. Ich packte meine wenigen Sachen zusammen und warf noch mal einen Blick rüber zum ›Amuse Gueule‹. Wohin jetzt mit meiner Wut, die sich in all den Jahren angestaut hat, wohin nur mit dem Gift, das ich bei mir trug? Kurzerhand bin ich ein letztes Mal in das Gasthaus eingedrungen und habe die köstlichen Amuse Gueules mit dem tödlichen Gift drapiert. LC – was auch immer das hieß, es war gerade goldwert, um gegen die Wut vorzugehen. Meine späte Rache würde so nicht nur die Mannweilers treffen, sondern auch ihre Gäste.

Und ausgerechnet auf diesem letzten Teil meiner Reise treffe ich dieses wunderbare Mädchen. Ich habe mir immer so eine Freundin wie Holly gewünscht. Ich hätte sie damals nach Mutters Tod so dringend gebraucht. Und jetzt, wo es mit mir bald zu Ende geht, taucht sie auf und spricht mit mir, hört mir zu, nimmt mich ernst, scheint mich sogar zu mögen. Wir sind gemeinsam vor zur Hauptstraße gelaufen und haben dort auf mein Taxi gewartet. Jetzt, wo ich in der Speisekammer Gift verteilt hatte, konnte ich sowieso nichts mehr weiter tun als abwarten. Ich würde so dem ›Amuse Gueule‹ den größtmöglichen Schaden zufügen. Die Tochter würde dran glauben müssen, die Gäste am Abend, die Wirtin selbst nach ihrer Rückkehr, vielleicht auch Anton Becht. Das würde eine böse Überraschung geben!

Jetzt musste ich nur noch Amalie zur Rede stellen, bevor sie das Zeitliche segnete. Dann würde ich mich zur Ruhe legen können.

Nachdem Holly mir versprochen hat, mit niemandem über unsere Begegnung zu sprechen, habe ich ihr zum Abschied ein Geschenk gegeben. Das sollte sie in Zukunft immer an mich erinnern: Das Büchlein mit Amalies Rezepten. Es war für sie bestimmt. Für mich war die Kladde ja quasi wertlos, aber ihr konnten diese Rezepte Tür und Tor öffnen, vielleicht würde sie ja mal eine berühmte Köchin werden. Sie hat sich wirklich sehr gefreut und mich ganz herzlich umarmt. Ich ließ sie in dem Glauben, dass wir uns bald wieder sehen würden und gab ihr meine Adresse. Obwohl es ein Abschied für immer sein würde – das wusste ich ja. Wenn ich geahnt hätte, was sie vorhat, hätte ich sie lieber mitgenommen. Aber ich konnte doch nicht wissen, dass sie ins ›Amuse Gueule‹ will. Dort, wo ich meine Köder ausgelegt hatte.

Ja, ich habe viele Fehler gemacht, das ärgert mich. Es tut mir schon ein bisschen leid, dass es nun auch Unschuldige getroffen hat. Aber Morden will offenbar gelernt sein.

***

Die Tür des weit über die Grenzen der Pfalz hinaus bekannten Restaurants am Unterhammer stand sperrangelweit auf, ein kleines Mädchen saß auf dem Sofa neben einer männlichen Leiche und spielte auf einem Tablet ein Computerspiel. Die Kleine reagierte nicht mal, als Kriminalkommissar Volker Hartwig den Raum betrat, genauso wenig wie sie die Kollegen der Spurensicherung beachtete, die in weißen Anzügen und mit Handschuhen um sie herum wuselten. Woran der Mann gestorben war, konnte man auf den ersten Blick nicht hundertprozentig sagen: Blut war jedenfalls keines zu sehen. Dafür hatte er Schaum vor dem Mund und eine fleckige Haut – das ließ auf Vergiftung schließen, folgerte Hartwig, wohl wissend, dass erst die Obduktion Gewissheit bringen würde.

»Bringt doch mal einer das Mädchen vom Tatort weg«, sagte Hartwig, selbst Vater von vier Kindern und entsetzt, dass sich noch kein Kinderpsychologe eingefunden hatte, um der Kleinen beizustehen. Sie schien unter Schock zu stehen.

Doch die Kollegen waren so in ihre Arbeit vertieft, dass sie gar nicht auf ihn reagierten. Lediglich eine junge Frau löste sich aus der Gruppe und kam ihm entgegen. Sie sah blass aus, hatte sicher schon eine lange Nachtschicht hinter sich. Am Wochenende wurde immer zuerst der Kriminaldauerdienst zu einem Tatort beordert. Nur, wenn es sich wirklich um einen Fall für die Kripo handelte, wurde er als Leiter des Fachkommissariats für Kapitalverbrechen gerufen – auch an einem Samstag, wie heute. Eigentlich hatte er seiner Familie einen Ausflug in den Holiday Park nach Haßloch versprochen. Er konnte sich schon denken, in welcher Stimmung sie ihn nach der Arbeit empfangen würden: enttäuscht und stinksauer.

»Guten Morgen, Kollegin«, Hartwig bemühte sich, besonders freundlich zu sein. Er hielt ihr die Hand hin, Magdalena Kron aber trug Latexhandschuhe und erwiderte den Gruß nicht.

»Die Kleine hat ihn gefunden. Wie ich dir am Telefon schon gesagt habe, heißt sie Holly Becht. Sie lebt mit ihrer Mutter, einer Engländerin, in Mannheim und ist übers Wochenende mit ihrem Vater im Forellenhof zu Gast. Keine Ahnung, was sie hier bei der Konkurrenz zu suchen hat. Sie schweigt beharrlich.«

Hartwig kannte Hollys Vater noch aus der gemeinsamen

Schulzeit. Er hatte ihn noch aus dem Auto per Telefon verständigt. »Wir müssen sie hier rausschaffen. Wer weiß, was sie alles mitbekommen hat, das traumatisch für sie sein könnte.« Magdalena Kron machte einer Kollegin ein unmissverständliches Zeichen, diese reagierte sofort auf den wortlosen Befehl und kümmert sich um die Kleine. Die Polizistin führte das Kind behutsam nach draußen, wobei das Mädchen einfach im Laufen weiterspielte – Clash of Clans, Hartwig erkannte das Computerspiel schon an den Tönen, das es von sich gab. Auch seine Kinder waren gerade dabei, virtuelle Dörfer und Welten zu bauen und darin zu versinken. Vielleicht war das Spiel gerade Hollys Rettung. Kron fuhr unbeirrt mit ihrem Bericht fort, vermutlich wollte sie endlich nach Hause, Schlaf tanken. »Der Mann ist seit etwa acht Stunden tot, die Flecken am Körper und der Schaum vor dem Mund deuten auf Vergiftung hin – nach der Obduktion wissen wir mehr.« Sie schaute auf ihre Notizen. »In einer versteckten Parkbucht vorne an der Straße haben wir einen blauen VW mit Kölner Kennzeichen ausfindig gemacht, zu dem der Mann die Schlüssel in der Hosentasche hatte. Wir haben dort auch seine Papiere sicherstellen können. Das heißt, wir wissen jetzt, mit wem wir es zu tun haben.«

»Nämlich?« Hartwig wurde hellhörig.

»Er heißt Timo Lang, ist neununddreißig Jahre alt. Ist wohl IT-Berater in einer Software-Firma. Von seinem Smartphone, das ebenfalls im Auto lag, sind in den letzten Stunden mehrere Anrufe an die Nummer einer Karla Mannweiler rausgegangen, sie wurden aber nicht angenommen.«

»Mannweiler, so heißt auch die Wirtin des Ladens hier. Vielleicht deren Tochter«, folgerte Hartwig. »Gute Arbeit, Magdalena. Dann übernehmen wir jetzt.« Er schaute auf die Uhr. Wo blieb denn der Kollege Veit Püschner? 9 Uhr, es war jetzt eine Stunde her, dass er ihm auf die Mailbox gesprochen hatte.

»Noch was: Wir haben im nahen Wald eine Höhle gefunden, die bewohnt zu sein scheint. Irgendeiner hat sich darin gemütlich eingerichtet, hat aber offenbar das Domizil fluchtartig verlassen. Zwei Kollegen machen dort gerade Fotos und nehmen Fingerabdrücke.«

»Meinst du, unser Toter könnte der Höhlenbewohner sein?

Vielleicht hat er vor dem Unwetter heute Nacht Zuflucht im Haus gesucht.«

»Keine Ahnung. Mein erster Eindruck ist, dass er dafür zu gepflegt aussieht. Er hat sich fast schon schick gemacht, scheint mir. Ich sag nur Rose im Knopfloch.«

Die hatte Hartwig tatsächlich übersehen. Aber er hatte ja auch noch gar nicht richtig mit den Ermittlungen begonnen. ›Toter Galan in Edelrestaurant aufgefunden‹ sah er schon die Schlagzeile in der Zeitung. Doch welche Rolle spielte die Kleine dabei? Ein Blick aus dem Fenster zeigte ihm, dass sie gerade mit der Polizistin auf einer Hollywoodschaukel saß und ins Leere starrte. Zwischen den Füßen klemmte ein Rucksack – ob sie vielleicht von zu Hause weggelaufen war?

***

Ein Gefühl sagte Karla, dass sie ihrer Mutter noch mal einen Besuch abstatten sollte, bevor sie sich mit ihren Einkäufen in der Küche verschanzte und mit ihrem Tagewerk beginnen sollte. Der Großmarkt lag ja um die Ecke der Westpfalz-Klinik und sie war trotz allem gut in der Zeit. Auf Station war gerade Tumult, viel Bewegung, hektisches Treiben – offenbar fand in einem Zimmer gerade eine dramatische Wiederbelebungs-Maßnahme statt. Karla musste sich einen Weg durch den Menschenauflauf auf dem engen Flur bahnen, es handelte sich hauptsächlich um besorgte Angehörige, die man des Zimmers verwiesen hatte.

Auf Karla wirkten Krankenhäuser schon immer deprimierend. Um so mehr dann, wenn einem bewusst wurde, dass es sich hier von einem Moment auf den anderen immer auch um Leben und Tod drehen konnte. Sie eilte weiter, Amalies Zimmer lag ja im hinteren Bereich des langen Flurs. »Mutter?« Karla klopfte an die Tür, um niemanden unangenehm zu überraschen, zumal um diese Uhrzeit eigentlich die Visite des Arztes stattfand. Als keine Antwort kam, lugte Karla vorsichtig hinein. Amalie saß aufrecht im Bett und war vollständig angezogen, so schick, als wolle sie ins Theater oder in ein Konzert gehen. Ihre Haare schienen frisch frisiert, ihr Mund mit einem dezenten Lippenstift geschminkt. Seltsam mutete der Gipsarm an, der aus einem Ärmel der feinen Rüschenbluse heraus ragte. Ob sie ihn dafür eigens zerschnitten hatte?

Als sie Karla sah, sagte sie mit Nachdruck: »Ich muss hier raus.«

»Bitte, was?« Karla registrierte, dass die gepackte Tasche schon neben dem Bett stand. »Aber das geht nicht, du bist doch frisch operiert und musst noch unter Beobachtung bleiben. Dr. Kretschmer wird das bestätigen können.« Karla setzte sich neben sie aufs Bett. Was war nur in Malchen gefahren? Sie machte einen verängstigten, aber auch entschlossenen Eindruck.

»Kenne keinen Kretschmer«, sagte Amalie trotzig. »Außerdem hält mich hier kein Arzt der Welt!«

»Moment mal, das ist der Mann, der dich operiert hat. So ein junger, hübscher ...«, doch ihre Mutter schüttelte den Kopf.

»Du brauchst mich gar nicht austricksen, ich verlasse diesen Ort, mit oder ohne deine Hilfe.« Vielleicht hatte ihre Mutter doch mehr unter der Narkose gelitten, als man das gemeinhin angenommen hatte, überlegte Karla. Sie schien ja ganz verwirrt zu sein, wenn sie sich nicht mal mehr an den behandelnden Arzt erinnern konnte.

Ein Klappern kam aus dem Bad, Wasser lief. Dann öffnete sich die Tür und ein junger Mann kam heraus, der sich höflich als Pfleger Lungo vorstellte. Dann war er es also gewesen, der die alte Frau so fein zurechtgemacht und ihr beim Anziehen geholfen hatte. Alleine hätte sie das in ihrem Zustand ja nie geschafft.

»Es stimmt, was sie sagt. Hier gibt es keinen Arzt, der Kretschmer heißt«, sagte er nun leicht verlegen, vielleicht, weil er sich bis jetzt im Bad versteckt und nicht zu erkennen gegeben hatte. Dann hielt er Amalie seinen Arm hin, den sie dankbar annahm. »Gehen wir?«

»Darf ich mal fragen, was hier vor sich geht?« Karla konnte es gar nicht fassen. Sie blieb demonstrativ auf dem Krankenbett sitzen.

Lungo drehte sich zu Karla um und machte einen betroffenen Gesichtsausdruck. Dann sagt er nur: »Die Reuter, sie ...«

Lachstatar

5 Portionen / gut vorzubereiten

200 g Räucherlachs
1 kleine Zwiebel
50 g Senfgurken aus dem Glas
½ Bund Dill
4 EL Öl
6–7 EL Senfgurkensud
1 EL Essig
Pfeffer

Den Lachs fein würfeln. Die Zwiebel schälen und fein hacken. Die Senfgurken klein würfeln. Den Dill waschen, trocken schütteln und ein paar Stängel für die Deko beiseitestellen. Den Rest klein schneiden. Alles in eine Schüssel geben. Das Öl und den Gurkensud dazugeben, gut mischen und mit Salz und Pfeffer abschmecken. In kleine Gläser füllen und mit Dill dekorieren. Passt gut zu Toast, frischem Baguette, aber auch zu kräftigem Roggenbrot.

***TIPP:** Passt auch wunderbar zu Pellkartoffeln*

»Moment, heißt das, Frau Reuter wird da drüben gerade ...«

»Zuerst haben die auf eine Magenverstimmung getippt, aber inzwischen ist es wohl erwiesen, dass es sich um eine Vergiftung handelt«, sagte Amalie tonlos. »Das Krankenhaus-Essen ist nicht zu unterschätzen ...«

»Man versucht die Arme gerade zu retten«, ergänzte der Pfleger, »es sieht nicht gut aus.«

Hatte er gerade gelächelt? Karla musste sich getäuscht haben. Ihre Mutter war also fest entschlossen, die Klinik zu verlassen. Aber machte sie sich als Tochter nicht strafbar, mit ihr ohne Papiere aus der Klinik zu spazieren? Andererseits kannte sie ihre Mutter, die immer ihren Willen durchsetzte. Welche Rolle spielte der Pfleger? Er benahm sich wie ihr persönlicher Diener. Ob sie ihm Geld versprochen hatte?

Der junge Mann schnappte sich jetzt mit seiner freien Hand Amalies Reisetasche. »Also los!«

Karla trottete den beiden hinterher. Der Aufzug war sofort da, doch erst als sich die Tür hinter ihnen schloss, schien Amalie erleichtert zu sein. »Raus aus der Gefahrenzone – puh, das war knapp.« Erst im Foyer der Klinik stiegen sie aus, bislang war Amalies Fluchtversuch unbemerkt geblieben.

»Jetzt muss ich noch rasch auf Toilette«, sagte die alte Frau und kicherte irre: »Vor lauter Aufregung!«

Lungo, der Pfleger, lief ihr geflissentlich hinter her und hielt die Tür zur Toilette auf. Was für eine verrückte Aktion, dachte Karla und ließ sich auf einen Sessel im Wartebereich sinken, Amalies Reisetasche zwischen den Füßen.

***

Volker Hartwig bemühte sich weiter, Karla Mannweiler auf ihrem Handy zu erreichen. Das Opfer Timo Lang hatte ihre Nummer am Abend zuvor mehrmals gewählt, zum letzten Mal – das war leicht zu rekonstruieren – um 21.18 Uhr. Vielleicht hatte er ihr etwas auf die Mailbox gesprochen, das wichtig für die Lösung des Falles war. Oder war sie es etwa gewesen, die ihm die vergifteten Speisen angeboten hatte? Jedenfalls musste er gegen 21.30 Uhr die tödliche Dosis Gift zu sich genommen haben, vermutlich in Form eines Crackers mit Lachstatar – einige Reste davon hatte man auf dem Teller vor ihm gefunden, sie wurden gerade im Labor analysiert. Hartwig fragte sich, was der Kölner IT-Mensch überhaupt hier zu suchen hatte. Das Restaurant hatte ja laut Türschild nur samstags geöffnet. Und wo drückte sich diese Karla Mannweiler herum, die ja offenbar zurzeit das Haus hütete. Ob sie auf der Flucht war? Oder schon nach Köln zurück? Aber warum stand dann ihr Auto noch vor der Tür?

Ein Kastenwagen mit KL-Kennzeichen bog auf den Hof, Hartwig erkannte Lars Becht auf dem Beifahrersitz, am Steuer saß sein Vater, der Forellenwirt. Die alten Schulfreunde – Volker und Lars – begrüßten sich nur knapp, es war nicht die Zeit für Sentimentalitäten. Holly stürmte blitzartig auf ihren Großvater zu, der auf halber Strecke in die Knie ging und sie in den Arm nahm.

Hartwig rührte diese herzliche Großvater-Enkelin-Beziehung, er wünschte sich das auch für seine Kinder. Seine Eltern waren schon lange verstorben, die seiner Frau interessierten sich leider nicht besonders für den Nachwuchs. Auch Lars verfolgte seine Tochter mit den Augen.

»Es ist ihr offenbar nichts zugestoßen«, beruhigte ihn der Kommissar. »Dennoch scheint sie unter Schock zu stehen. Mit uns spricht sie jedenfalls nicht, es wäre aber wichtig zu wissen, ob sie etwas beobachtet hat.«

»Wer ist das Opfer?«, fragte Lars.

»Timo Lang. Wir gehen davon aus, dass er nicht von hier stammt«, Hartwig zeigte ihm das Foto auf dem Personalausweis. »Hast du den Mann schon einmal gesehen?«

»Hm«, Lars schien angestrengt nachzudenken. »Es kann sein, dass er gestern bei uns gegessen hat. Ich erinnere mich nur deshalb daran, weil er eine Extra-Rechnung benötigte, vermutlich, um die Quittung beim Finanzamt abzusetzen. Das kommt bei uns eher selten vor. Aber ich bin mir nicht sicher.«

»Kann das dein Vater vielleicht bestätigen?«

»Mit Sicherheit, er hat ein sehr gutes Gedächtnis. Wer ist der Mann?«

»Vermutlich ein Bekannter von Karla Mannweiler.« Hartwig bemerkte, wie Lars zusammenzuckte, als er den Namen hörte. Deshalb hakte er nach: »Weißt du zufällig, wo sie sich aufhält?«

Lars schaute zu seinem Vater herüber, der Holly gerade auf den Schultern zum Auto trug. »Ja, sie wollte zum Großmarkt nach Lautern und hat sich dafür mein Auto ausgeliehen. Ich könnte mir vorstellen, dass sie danach noch bei ihrer Mutter in der Klinik vorbeischaut. Sie müsste aber bald zurück sein. Sie ist eigentlich mit Holly hier im ›Amuse Gueule‹ verabredet«, sagte Lars.

»Aha. Das erklärt ja auch, was das Kind hier zu suchen hatte. Sie hat auf ihr Date gewartet«, folgerte Hartwig und sah nun, wie Anton Becht mit grimmiger Miene auf sie zukam.

»Können wir jetzt nach Hause fahren?«, fragte er und schaute seinen Sohn dabei an.

Der Ton ließ keine Widerworte zu, er machte sich offenbar große Sorgen um seine Enkelin.

»Ja, ist gut«, sagte Hartwig, nachdem Becht ihm bestätigt hatte, dass Timo Lang tatsächlich gestern im Forellenhof zu Gast gewesen war, um eine Forelle blau zu essen. Auch das würden die Kollegen in der Pathologie bald verifizieren können. Kurz hielt er Lars am Arm fest, der es jetzt eilig zu haben schien: »Du hast gesagt, dass Karla Mannweiler mit deinem Auto unterwegs ist. Weißt du denn dann auch, wo sie sich gestern Abend gegen 21 Uhr aufgehalten hat?«

Lars wurde rot und räusperte sich. »Sie war bei mir. Die ganze Nacht.« Dann stieg er ohne einen Gruß ins Auto, dessen Motor schon lief.

Hartwig stieß einen Pfiff aus, als er sich auf den Weg zum Tatort machte, wo inzwischen sein Kollege Veit Püschner eingetroffen war. Becht Junior hatte also was mit der jungen Mannweiler am Laufen, wenn das keine kleine Sensation war. Wusste doch jeder hier, dass die beiden Familien seit Jahrzehnten um die Gunst derselben Gäste buhlten und kaum nachbarschaftlichen Kontakt pflegten. War dann der Tote Karlas Verflossener oder gar ihr gehörnter Freund? Eifersucht war ja immer ein beliebtes Motiv für Mord. Nur, dass diesmal diejenige unter Mordverdacht stand, die sich den Seitensprung erlaubt hatte ...

***

Pfälzische Eier

4 Portionen / gut vorzubereiten

4 Eier
100 g Kräuterfrischkäse
2 TL Senf
½ Kästchen Kresse
Pfeffer
4 schöne Salatblätter

Die Eier am Vortag hart kochen. Am nächsten Tag die Eier schälen und der Länge nach halbieren. Das Eigelb herausnehmen, in eine kleine Schüssel geben und mit einer Gabel zerdrücken. Mit dem Frischkäse und dem Senf vermischen. Die Kresse zugeben und mit Salz und Pfeffer kräftig abschmecken. In einen Spritzbeutel mit kleiner Lochtülle füllen und in die Eier spritzen.
Die Salatblätter waschen und trocken schütteln und auf kleine Teller legen. Je 2 Eihälften daraufsetzen und mit Kresse dekorieren.

***Variante:** Verwenden Sie statt der Kresse 1 Esslöffel frisch gehacktes Basilikum.*

***TIPP:** Zu viel Käsemasse? – Spritzen Sie den Rest auf Cracker oder Pumpernickel.*

Karla stand vor der Klinik, schaute abwechselnd von einem Polizisten zum anderen und kam sich vor, wie in Kafkas ›Prozess‹, in dem Josef K. am Morgen aufwacht, von zwei Männern einer mysteriösen Behörde überrascht und festgehalten wird, die ihm in knappen Worten mitteilen, dass er von nun an verhaftet sei. Zwar gab es an der Identität der beiden Männer laut Ausweis keinen Zweifel, aber was die waschechten Beamten der Kripo von ihr wollten, davon hatte sie kein Wort verstanden. Jedenfalls noch nicht. »Haben Sie diesen Mann schon einmal gesehen?«, wiederholte der jüngere Polizist, der sich als Veit Püschner vorgestellt hatte. Er wirkte auf sie eher gelangweilt oder gar überheblich. Karla schaute auf das Passfoto eines Ausweises, den Namen hielt der Beamte zu.

Das gab es doch gar nicht! Natürlich kannte sie den! »Ja, klar. Das ist doch Dr. Kretschmer, er hat meine Mutter am Donnerstag operiert und arbeitet hier als Chirurg«, gab Karla bereitwillig Auskunft. »Was ist mit ihm?«

Püschner schaute sie an, als sei sie nicht ganz dicht. Sein Kollege blickte sich neugierig um, so, als suche er jemanden. Er war wesentlich älter und machte einen eher desinteressierten Eindruck. Hartwig hieß der.

»Er heißt nicht Kretschmer, stimmt's?«

»Nein, und er ist auch nicht Arzt.« Püschner seufzte. Für ihn waren Falschaussagen ja sicher an der Tagesordnung. Karla aber hatte eine solche Situation noch nie erlebt. Was war denn passiert?

»Der Mann ist heute Morgen im ›Amuse Gueule‹ tot aufgefunden worden. Darf ich sie deshalb bitten mit ins Präsidium zu kommen? Wir hätten ein paar Fragen«, sagte der Beamte. Der zweite Mann sagte immer noch nichts.

»In unserem Haus? Unmöglich.« Wieder erntete sie einen mitleidigen Blick von Püschner. »Aber ich kenne den Mann nur aus der Klinik. Er hat mit mir am Donnerstag über die gelungene Operation meiner Mutter gesprochen, das war alles.« Karla merkte deutlich, dass es hier gerade nichts zu diskutieren gab. Es handelte sich nicht um eine höfliche Einladung, sondern um eine Vorladung der Polizei. Noch während sie sprach, schoss Karla ein absurder Gedanke durch den Kopf. Was, wenn sich dieser Typ nur als Arzt ausgegeben hatte? Dann war sie einem

Hochstapler aufgesessen. Das würde auch erklären, warum ihre Mutter ihn gar nicht kannte. Oder hatte sie das Gespräch mit ihm am Kaffeeautomat auf Station zwei nur geträumt?

»Wissen Sie, meine Mutter ist gerade aus der Klinik verschwunden, sie ist krank und vielleicht verwirrt«, sagte Karla. »Ich muss sie erst mal suchen.«

»Netter Versuch«, sagte Volker Hartwig und hielt ihr jetzt die Tür des Streifenwagens auf. »Dann bitte ich mal einzusteigen.«

Einige Passanten blieben stehen und tuschelten. Ein kleines Mädchen zeigte auf Karla und stellte ihrer Mutter eine Frage. Die nickte. An dem entsetzten Ausdruck des Kindes wurde Karla gewahr, dass sie tatsächlich gerade von einem Polizisten abgeführt wurde. Offenbar verdächtigte man sie eines Mordes.

***

Nachdem die Polizeipsychologin Jana Keller gestern noch mal gekommen und mit dem Mädchen gesprochen hatte, ging es Holly sichtlich besser. Tatsächlich hatte sie den Mann schon so vorgefunden, den Kopf auf der Tischplatte und vor sich einen Teller mit Essensresten. Sie habe sich das gleich gedacht, dass er nicht mehr lebt. Aber was hätte sie denn machen sollen?, hatte Holly schulterzuckend gesagt. Doch auf keinen Fall alleine rüber zum Forellenhof gehen, um am Ende noch dem Mörder über den Weg zu laufen. Auf Jana Kellers Frage bestätigte Holly auch, dass sie das Festnetz-Telefon benutzt habe. Da sei der Stecker rausgezogen gewesen, den habe sie erst einmal wieder reingesteckt. Zuerst habe sie es mehrfach bei ihrem Vater auf dem Handy probiert – erfolglos – und dann die Polizei verständigt. Nein, angefasst habe sie sonst nichts.

Lars packte Hollys kleines Köfferchen, das ihm noch voller erschien als am Donnerstag, als er sie vom Bahnhof abgeholt hatte. Vielleicht hatte Opa Anton ihr ein paar kleine Geschenke gemacht oder sie hatte Stöckchen und schöne Steine gesammelt, die sie mit nach Hause nehmen wollte. Nach dem aufregenden Samstag gestern, hatte der Sonntag im Forellenhof eher ruhig begonnen: Alle hatten ausgeschlafen und gemütlich gefrühstückt. Seitdem las Holly in einer kleinen schwarzen Kladde und machte einen recht zufriedenen Eindruck. Um 14 Uhr würde ihr Zug sie wieder nach Hause bringen, zu ihrer Mutter.

Tapfere kleine Holly, dachte Lars. Er hatte seiner Tochter dennoch erst einmal lieber nicht erzählt, dass man Karla vorläufig festgenommen hatte. Alles sprach dafür, dass sie die Amuse Gueules vergiftet hatte und somit nicht nur schuld war am Tod zweier Menschen, sondern eben auch am jämmerlichen Krepieren von Antons Fischen.

Seltsam war, dass Karlas Mutter gestern zeitgleich aus dem Krankenhaus verschwunden war, überall suchte man nach ihr, sogar im Regionalfernsehen wurde nach der ›wohl verwirrten Frau‹ gefahndet. Als Letztes habe man sie im Foyer des Westpfalzklinikums in Begleitung ihrer Tochter aus dem Fahrstuhl treten sehen. Diese behauptete aber, ihre Mutter sei in einem unaufmerksamen Moment abgehauen.

Es herrschte eine seltsame Stimmung im Haus, auch Anton Becht machte einen sorgenvollen Eindruck und hatte – ohne ein Wort darüber zu verlieren – die Gaststätte für die kommende Woche geschlossen. So etwas war noch nie vorgekommen!

Lars musste an Karla denken, in die er sich beinahe unsterblich verliebt hätte. Aber was wusste er denn schon von ihr? Dass sie prima aussah, intelligent war, fabelhaft kochen konnte und kinderlieb war. Und eine tüchtige Geschäftsfrau. Früher hatten sie zusammengespielt, sich immer gut verstanden und später aus den Augen verloren. Aber warum sollte sie nicht auch eine dunkle Seite haben, die man ihr eben nicht ansah? Über den jungen Mann aus Köln, der im ›Amuse Gueule‹ den Tod gefunden hatte, hatte sie nie ein Wort verloren. Gegenüber Lars hatte sie immer wieder betont, dass sie Single war. Ob sie auch mit ihm ein doppeltes Spiel getrieben hatte? Anton Becht hatte recht, sie hätte nie in die Pfalz zurückkehren sollen. Sie brachte Unglück über ihre alte Heimat. Er würde sich alleine schon wegen Holly von Karla distanzieren müssen. Um sie zu schützen. Um sich zu schützen. Und letztlich auch seinen Vater. Er wollte nicht mehr in der Vergangenheit herumwühlen, sondern nach vorne schauen. Es ging hier um die Zukunft des Forellenhofs. Und um die seiner Tochter. Ab sofort, so beschloss Lars Becht, existierte Karla Mannweiler nicht mehr für ihn.

»Papa! Was genau ist eigentlich eine Prise?«, fragte Holly.

»Vielleicht so etwas wie ein leichter Anflug«, bemühte sich Lars um eine schlaue Antwort. »Kommt drauf an, ob die Meeresbrise oder eine Prise Salz gemeint ist.«

Das Mädchen kicherte. Sie war wie immer, befand er. Dennoch: Es war nicht abzusehen, welche Schäden sie von dieser Geschichte davontragen würde, auch, wenn sie heute einen gefassten Eindruck machte. Sein Vater Anton hatte sich gestern nicht mehr geäußert, sondern war früh ins Bett gegangen. Sicher ahnte auch er, dass – wenn der Fall in den nächsten Wochen die Medien beschäftigen würde – auch im Forellenhof die Gäste wegbleiben würden. Ausgerechnet jetzt, wo er hier frischen Wind reinbringen wollte. Wo war er überhaupt? Lars stieg in den Keller hinab. Dort hatte Anton Becht früher schon Zuflucht gesucht, wenn er seine Ruhe haben wollte.

***

Ich hatte sie für schlauer gehalten. Aber sie hat mir die Pfleger-Nummer mit dem angeklebten Schnurrbart und dem weißen Kittel tatsächlich abgenommen und ist mitgekommen. Während Karla vor der Damentoilette im Foyer der Klinik wartete, habe ich der Alten weiß gemacht, es gäbe nur eine Möglichkeit unbemerkt aus der Klinik zu fliehen: durch das offene Fenster der Damentoilette.

Der Fußweg zur Bushaltestelle war für sie beschwerlich und lang, sie hakte sich mit dem gesunden Arm unter und plauderte, bis sie ganz außer Atem war. Dann schimpfte sie und fragte immer wieder, ob wir nicht ein Taxi rufen könnten. Sie wolle doch nur so schnell wie möglich nach Hause, wo sicher schon ihre Tochter auf sie wartete. Kaiserslautern ist keine besonders große Stadt, aber bis du bei einer Bushaltestelle bist, das kann schon dauern. Das wollte ich mir zunutze machen.

Kurz hinter der Marienkirche machten wir eine Pause. Wir setzten uns auf eine Bank, die etwas abseits der Straße stand. Kurz mal Durchatmen und Ausruhen, bettelte sie. Sie bekam Durst und ich gab ihr die präparierte Wasserflasche. Erst als sie einen großen Schluck getrunken hatte, wurde sie ruhiger.

Jetzt war der Zeitpunkt gekommen, meine Identität zu lüften.

»Warum ausgerechnet sie?«

Sie schien nicht erstaunt. Es schien sogar ein bisschen so, als habe sie schon auf mich gewartet. Sie musterte mich genau. Ich wurde ungeduldig.»Warum Mariella?«, drängte ich sie zur Antwort, wohl wissend, dass sie nur noch einige wenige Minuten auf dieser verdammten Welt hatte. Das Gift verteilte sich gerade in ihrem Körper. Unaufhaltsam, todbringend,

»Wir haben uns geliebt«, antwortete sie leise.

Täuschte ich mich oder bekam ihre Haut schon eine bläuliche Farbe? Antons Gift entfaltete offenbar auch in Flüssigkeiten seine Wirkung. Gut so. »Was meinst du damit?«, hakte ich nach.

»Wir wollten für immer zusammenbleiben, auch, wenn das in der damaligen Zeit schwierig gewesen wäre. Zwei Frauen, die sich lieben. Mariella und ich hatten uns dennoch vorgenommen, eine eigene Pension mit Restaurant zu eröffnen. Doch dann wurde sie sehr krank.«

Sie schnappte nach Luft. Noch wenige Minuten, dann würde es vorbei sein.

»Man tötet nicht, was man liebt«, sagte ich, es klang aggressiver als mir lieb war. Ich war am Ziel, musste jetzt nicht mehr austeilen.

Amalie röchelte, griff meine Hand. So, als sei ich ihr letzter Strohhalm. Die Angst zu ersticken bekam Macht über sie. Ihr ganzer Körper wurde von einer Schmerz-Attacke nach der anderen geschüttelt, immer und immer wieder. Ein Gift-Tod ist kein Spaziergang. Ich weiß es, weil ich viel darüber gelesen habe.

Immer und immer wieder habe ich mir vorgestellt, wie meine Mutter gelitten hat, bis es vorbei gewesen ist. Jetzt konnte ich ihrer Mörderin beim Sterben zusehen – ein Gefühl, das mich irgendwie erfüllte. Sie sprach seltsam abgehackt – wie ein Roboter.

»Dieses verfluchte HAE-Syndrom. Es hat sie seit Jahren gequält. Weil es erblich ist, wollte sie keine Kinder. Dennoch hat sie dich geliebt, Ludwig. Es war ihre größte Hoffnung, das du von dieser Last verschont geblieben bist ...«

Ich schwieg. Sollte meine Krankheit die letzte Verbindung zu Mariella Jansen sein? Ein Gruß meiner Mutter aus dem Jenseits? »Warum musste sie sterben?«

Deutlich traten ihre Augen aus dem Körper, sie schien fast zu schielen. Das Gift entfaltete seine Wirkung. Nichts war mehr übrig von der Frau, die sich auch im Alter ihre Schönheit bewahrt hatte. Ihr Gesicht war zur Fratze geworden, der kleine, dünne Körper krümmte sich. Überdimensional ragte ihr Gipsarm aus dem bunten Kleid, das ich ihr als Pfleger Lungo selbst angelegt hatte. Es würde jetzt ihr Totenkleid werden. Doch wollte auch sie offenbar ihr Gewissen erleichtern, bevor es zu Ende ging.

»Sie hat mich immer und immer wieder angefleht, ihr ein tödliches Menü zu kochen. Sie wollte so genussvoll wie möglich sterben. Durch meine Hand. Das Flehen ging über Wochen. Ich lehnte immer ab, weil ich sie nicht verlieren wollte«, Amalie krümmte sich. Sie musste unglaubliche Schmerzen haben.

Über ihr Gesicht liefen Tränen. Inzwischen lag sie auf der Bank. Vor uns ragte die Marienkirche in den Himmel, der heute sogar mal ein paar Sonnenstrahlen zeigte. Sie fixierte einen Punkt dort oben, so, als habe sie Kontakt zu Jemandem aufgenommen. Plötzlich war ihre Stimme ganz klar. »Nachts drohte sie zu ersticken. Das Hereditäre Angioödem gewann die Oberhand über sie, es bestimmte Tag und Nacht ihr Leben, es ließ sie nicht mehr frei atmen. Ich habe ihr also das größte Geschenk gemacht, das mir möglich war. Ich habe sie von ihrem Leiden erlöst.«

Eine Passantin mit Hund lief an uns vorbei, daran erinnere ich mich noch. Sie musterte uns. Sie muss gesehen haben, wie wir uns aneinander festkrallten und miteinander rangen. Vielleicht dachte sie, dass wir betrunken sind. Oder Mutter und Sohn im Streit. Sie hat nur den Kopf geschüttelt und ist weiter. So sind die Menschen. Da kann neben dir einer abgemurkst werden und es interessiert dich nicht die Bohne.

»Nach ihrem Tod konnte ich unmöglich auf Juist bleiben. Ich ertrug die Stille der Insel nicht ohne sie. Gleichzeitig flehte Anton mich an zurückzukommen. Wo sollte ich auch sonst hin? Kaum war ich zurück in der Pfalz, suchte ich bei ihm Trost. Wir verbrachten eine Nacht zusammen, ein Fehler, den ich bereue. Als er mir einen Heiratsantrag machte, lehnte ich ab. Er hat es nie verstanden, dass Mariella die Liebe meines Lebens gewesen ist. So sind wir getrennte Wege gegangen.«

Ich flößte ihr erneut Wasser ein, diesmal, um sie bei Laune zu halten. LC – was auch immer die Beschriftung auf Antons Giftflaschen bedeutete, es war verdammt noch mal ein Teufelszeug. Sie ergriff wieder meine Hand, diesmal zärtlich. Forderte sie etwa Beistand beim Sterben ein? Ausgerechnet bei mir? Hatte sie diesen meiner Mutter auch gewährt? Ich ließ es zu, drückte die kleine, knochige Hand. Streichelte sie leicht. Es war ein ganz ungewöhnlicher Moment der Nähe zwischen uns. Zwischen der Mörderin und dem Mörder.

Ist Tod auf Verlangen strafbar? Wer ist schuldig? Der, der das Gift verlangt oder der, der es gibt? Oder muss man den haftbar machen, der das Gift ins Paradies geschleust hat? »Welche Rolle spielte Anton Becht?«, fragte ich.

Sie zuckte, bäumte sich auf und Schaum trat aus ihrem Mund. Kurz darauf war es vorbei.

***

Mit Little-Jane verstand Karla sich richtig gut. Die neue Zellengenossin war zwar um einiges jünger als sie, aber sehr nett und rücksichtsvoll, was man von ihrer Vorgängerin Ute ja nicht gerade behaupten konnte. Nur über die Gründe, warum sie überhaupt inhaftiert war, darüber redete sie offenbar nicht so gerne. Sicher schämte sie sich dafür oder brauchte noch Zeit, um sich der Fremden gegenüber zu öffnen. Seit drei Tagen teilten sie nun Zimmer und Toilette und hatten sich schon ein paar kleine Geheimnisse anvertraut, vielleicht der Beginn einer Frauen-Freundschaft? In Freiheit würden sie sich dann vielleicht im Café treffen, und sich statt über Yoga-Urlaube oder Geburtsvorbereitungskurse über die gemeinsame Knastzeit austauschen. Absurd!

Heute Nachmittag waren sie sogar zum Kaffeeklatsch in der Zelle verabredet, Karla hatte die Zusatzration Kaffeepulver samt Biskuits aus der Küche mitgehen lassen, Joachim hatte ihr das ausnahmsweise erlaubt. Er war dankbar für die gelernte Köchin, die ihm da neuerdings zur Hand ging. Freudig hing sie Punkt 14 Uhr Schürze und Kopfschutz an den Nagel und verließ in Begleitung der Schließerin die Küche in Richtung Hof. Little-Jane hatte sie gestern Abend gefragt, ob sie tatsächlich mehrere Morde zu verantworten habe. Das sei ja kein Pappenstiel, was man ihr da vorwerfe. Karla bedeutete es sehr viel, dass ihr endlich mal jemand zuhörte. Deshalb dürstete sie auch danach, heute die Geschichte zu Ende zu erzählen, die sie gestern Abend begonnen hatte.

Litte-Jane, die sich als Flexi-Buddhistin bezeichnete, saß im Schneidersitz auf ihrer Pritsche und sagte: »Gut, dass du kommst. Ich platze vor Neugier, wie es weitergeht. Also, was ist passiert, als die dich dann vor der Klinik festgenommen haben.«

Karla nahm ebenfalls Platz. »Naja, sie haben mich stundenlang verhört. Ich dachte, die können mir nichts, weil ich ja ein Alibi habe. Ich bin an besagtem Abend gegen 20.30 Uhr mit Lars zum Forellenhof gefahren, also genau zur Tatzeit. Dort habe ich mit Holly, seiner Tochter, im Wohnzimmer gesessen und Fernsehen geschaut, das hat das Mädchen auch bezeugt. Das muss so ungefähr zu der Zeit gewesen, als Timo Lang sich ins ›Amuse Gueule‹ geschlichen hat. Er wollte mir an dem Abend seine Liebe gestehen. Jedenfalls hat er das auf meine Mailbox gequatscht. Immer wieder, er muss total betrunken gewesen sein an dem Abend.«

»Er hat dir seine Liebe gestanden? Ich dachte, ihr kanntet euch gar nicht?«

»Naja«, Karla wunderte sich im nachhinein über sich selbst. »In gewisser Weise kannte ich ihn sogar gut, weil wir ja wochenlang miteinander gechattet haben. Mein Austausch mit Genussmensch68, wie er sich zunächst nannte, war sehr intensiv und fühlte sich fast schon wie eine Liebesbeziehung an. Andererseits hatte ich ihn ja noch nie gesehen. Er ist mir heimlich in die Pfalz gefolgt und hat mich tagelang beschattet, um herauszufinden, ob ich die Richtige bin: Er hat sich als Arzt verkleidet, war als Gast im Forellenhof, lief als Spaziergänger am Unterhammer herum. Erst, als er mitbekam, dass ich mich mit Lars traf und sogar die Nacht mit ihm verbrachte, wurde er wild vor Eifersucht.«

Karla schüttete das Kaffeepulver mit heißem Wasser aus einer Thermoskanne auf. »Ich denke in letzter Zeit häufig daran, wie es gewesen wäre, wenn unsere Liebe eine Chance bekommen hätte. Vielleicht hätten wir sogar gut zusammengepasst.«

»Wenn du ein Alibi für die Tatzeit hast, warum bist du dann hier?«, hakte Jane nach. Sie setzte sich kerzengerade hin, machte ein paar Dehnungsübungen. Recht hatte sie, man rostete hier so schnell ein.

»Weil Timo durch die Speisen aus unserer Speisekammer vergiftet wurde, und ich es war, die sie am Tag zuvor zubereitet hatte, um sie mit in die Klinik zu nehmen. An denselben Gaumenschmeichlern ist Frau Reuter gestorben, deren Tod man mir ebenfalls anlastet. Auch sie hatte davon gegessen.«

Karla schenkte der Zellengenossin Kaffee ein. »Milch oder Zucker?«

»Beides, bitte«, sagte diese.

»Außerdem gibt es tatsächlich einen Zeitpunkt, für den ich kein Alibi habe: Lars war draußen und suchte sein Handy, später duschte er und Holly war schon zu Bett. Angeblich habe ich diese halbe Stunde genutzt, rüber ins ›Amuse Gueule‹ zu gehen und Timo Lang mit meinem Essen zu verführen, um ihn um die Ecke zu bringen. Das ist natürlich Quatsch. Er muss ins Haus

eingedrungen sein, um auf mich zu warten und sich die Häppchen selbst aus der Speisekammer geholt haben.«

»Macht man ja auch nicht«, Jane grinste. »Naja, sich einfach in fremden Küchen bedienen.«

»Stimmt auch wieder«, Karla konnte darüber nicht lachen, all die Leichtigkeit war aus ihrem Leben gewichen, schien es. Jede Art von Humor war ihr abhandengekommen.

»Bleibt die Frage, wer das Gift reingetan hat, wenn du es nicht warst«, Jane schlürfte den heißen Kaffee, laut und ungeniert.

»Ja, das ist die Frage. Es hat ja nicht nur eine Woche zuvor einen Einbruch gegeben, sondern es muss auch an jenem Abend jemand im Haus gewesen sein, der mich niedergeschlagen hat. Beweisen kann ich das aber nicht. Außerdem gibt es eine Höhle in Haus-Nähe, in der es sich jemand gemütlich eingerichtet haben soll – wohl über Wochen. Timo kann es nicht gewesen sein, seine Fingerabdrücke wurden dort nicht gefunden. Meine übrigens auch nicht.«

Durch das kleine vergitterte Fenster konnte Karla draußen eine kleine weiße Wolke sehen, die aussah wie ein dickes, weiches Schäfchen. Manchmal bildete sie sich ein, dass ihre Mutter dort oben unterwegs war und als Sonne, Stern oder Wolke auf sie herunterblickte. So dachten doch eigentlich nur Kinder, wenn sie Trost suchten. »Ich fühle mich schuldig. Vor allem am Tod meiner Mutter. Das ist das Einzige, was ich mir vorwerfen muss, Jane. Dass ich sie unbeaufsichtigt gelassen habe. Dass ich nicht auf meine Zweifel gehört habe an dem Tag, als sie von der Station türmen wollte. Sie muss verwirrt gewesen sein. Ich habe mir diesen Typ, Lungo nannte er sich, doch nicht eingebildet. Aber ich bin offensichtlich die Einzige, die ihn gesehen hat. Auf Station zwei gibt es keinen Pfleger mit diesem Namen.«

»Angeblich ist sie durch dasselbe Gift gestorben wie Timo Lang und Jorinde Reuter.«

Karla schaute die Frau lange an, die so gespannt an ihren Lippen hing. Jorinde Reuter – den Vornamen der alten Dame hatte sie noch nie gehört. Seltsam, dass Jane ihn wusste. »Man hat meine Mutter überall gesucht, weil sie ja aus der Klinik abgehauen war. Gefunden hat man sie erst am nächsten Morgen, auf einer Bank in der Nähe der Marienkirche. Sie lag da wie eine

Obdachlose, die Menschen sind an ihr vorbeigeeilt ohne sie zu beachten. Das Wasser in der Flasche, die neben ihr stand, war vergiftet.«

»Krass«, sagte Jane nur.

»Krass ist, dass nicht nur ihre, sondern auch meine Fingerabdrücke auf dieser Flasche waren. Erklär mir das mal.«

***

Karla lief wie gewohnt im Kreis und hielt Ausschau nach Schumann, dem kleinen Kater, der sich seit Tagen nicht mehr blicken ließ. Auch Little-Jane war wie vom Erdboden verschluckt.

Eine Frau mit Kurzhaarschnitt und einem Schlangen-Tattoo auf dem Arm gesellte sich zu ihr und stellte sich als Larissa vor. Die beiden Frauen liefen ein kleines Stück gemeinsam, nur Reden war nicht erlaubt. »Soll dir von Zadie was ausrichten«, flüsterte die Frau, die älter war als sie von Weitem schien. »Sie kann dir mit diesem Kürzel helfen, nachdem du gefragt hast.«

»Was will sie dafür haben?«

»Zigaretten. Eine Stange, am besten heute noch. Sie sagt dir dann beim Umschluss morgen, was LC bedeutet.«

»Ich muss es jetzt wissen. Es ist der einzige Strohhalm, an den ich mich zurzeit klammere, verstehst du?«

Larissa zuckte mit den tätowierten Schultern. »Ist mir doch egal, Zadie darf heute sowieso nicht raus aus der Zelle. »Ich komme.« Man hat selbst gepanschten Most bei ihr gefunden, den sie aus einem alten Apfel und ein paar Kirschen angesetzt hat. Gar nicht mal so übel das Zeug, aber jetzt muss sie wieder eine Woche drinnen Arrest absitzen.«

Karla hatte Amalies Rezepte so oft durchgelesen, dass sie sie jetzt auswendig konnte, dabei war sie ab und zu über das Kürzel LC gestolpert. Es war ihr ein Rätsel, warum Holly die Kladde mit den Rezepten kommentarlos ins Gefängnis geschickt hatte. Und auch, wie das Mädchen an dieses Buch gekommen war, das ihre Mutter ja immer wie ein Heiligtum bei sich getragen hatte und dass offenbar mit der Handtasche aus dem Haus entwendet worden war. Ob sie dem Einbrecher persönlich begegnet war oder sie es einfach bei ihren Streifzügen im Wald gefunden hatte? Woher wusste sie überhaupt von diesem Ludwig? Jemand musste mit Holly reden, vielleicht würde das Licht in den seltsamen Fall bringen.

»Hab dich überall gesucht, dachte schon, du bist ausgebrochen«, Little-Jane tippte sie von links hinten an die Schulter, tauchte dann aber feixend von rechts auf.

»Eben hat mir eine Frau auf dem Flur einen zusammengefalteten Zettel für dich durch das Türfenster gesteckt.«

Karla war überrascht. »Zadie?«

Jetzt war es an Little-Jane den Finger auf den Mund zu legen.

»Pssst, Brüllaffe kommt direkt auf uns zu.«

»Mannweiler! Freigang beendet, ab geht's wieder rein in die gute Stube.« Doris Ulmers hatte jetzt einen hochroten Kopf, dann schrie sie in voller Lautstärke: »Ich lass mich doch von euch nicht für dumm verkaufen!«

Beeindruckendes Organ, dachte Karla, die froh war um die Sanktion. Sie konnte es nicht erwarten, Zadies Botschaft zu lesen, um des Rätsels Lösung wieder ein Stück näher zu kommen.

***

»Warst du denn auf der Beerdigung deiner Mutter?«, fragte Jane und lackierte sich dabei die Fußnägel. Pink! Sie mache das wegen des Selbstwertgefühls, hatte sie Karla erklärt, nicht wegen der Männer. Der Flirtfaktor in der JVA ging ja quasi gegen null.

»Ja, ich war da. Zwei Beamte haben mich dorthin begleitet und aufgepasst, dass ich nicht abhaue. Brüllaffe Ulmers war eine davon, sie hat sogar ganz überraschend eine Träne verdrückt. Ich glaube, sie kannte meine Mutter, will aber nicht darüber sprechen. Jedenfalls freut es mich, dass Malchen im Ruheforst in einer Urne bestattet worden ist, wie sie es sich gewünscht hat.«

»Tut mir leid, echt«, Janes Hand zitterte leicht, sie malte gelegentlich daneben. »Mist. Ich habe keinen Nagellackentferner. Du?«

Karla schüttelte den Kopf. »Nee, der ist hier drin verboten. Die haben Angst, dass mal ein Suizidgefährdeter auf die Idee kommt, das Zeug zu trinken.« Sie faltete den kleinen Zettel zum wiederholten Mal auf und las die Botschaft, die da geschrieben stand: ›LC ist die Abkürzung für Letale Conzentration und meint tödliche Wirkung, also Gift‹.

Zadie würde ihre Stange Zigaretten im Gegenzug bekommen. Zadie besorgte einem alles, was man brauchte – natürlich nie aus Großherzigkeit, immer gegen Waren oder Bares.

»Hast du Lars auf der Beerdigung getroffen?«

Karla wunderte sich, dass sich Jane so viele Namen aus ihren Erzählungen merken konnte und diese wie selbstverständlich benutzte. So, als seien sie zwei alte Schulfreundinnen mit dem gleichen Freundeskreis.

»Äh, nein. Er war nicht da.« Dafür hatte Anton Becht den trauernden Freund gegeben, ohne sie – die Tochter – eines Blickes zu würdigen. Wäre es nach ihm gegangen, hätte Karla der Beerdigung fernbleiben müssen. Er beschuldigte sie, Schuld am Tod der Mutter zu sein. In gewisser Weise hatte er ja vielleicht auch recht.

»Was hast du da eigentlich für eine wichtige Nachricht auf deinem Zettel stehen? Oder bin ich zu neugierig?« Little-Jane zeigte auf das zusammengefaltete Papier, das sie ihr selbst überbracht hatte. Karla schüttelte sich, so, als habe sie eine innere Kälte in sich, die raus musste.

»Das ist der Beweis, dass meine Mutter am Tode von Mariella Jansen beteiligt war, die am 6. Juni 1970 durch ein vergiftetes Menü zu Tode gekommen ist. Danach hat meine Mutter die Insel Juist verlassen.«

»Klingt wie ein beschissen schlechter Film, echt«.

»Meine Mutter hat zeitlebens alles in diesem Buch notiert, was sie in der Kochkunst ausprobiert hat. Schon in jungen Jahren fügte sie geringe Dosen Gift in ihre Amuse Gueules und Tapas, sie bekamen dadurch eine leichte halluzigene Wirkung. Die Menschen waren begeistert davon. Sie perfektionierte die Giftmischung in ihren Juister Jahren. Als sie aber Mariella getroffen hat, ist es anscheinend mit ihr durchgegangen. Warum nur ausgerechnet bei ihrer besten Freundin?«

»Ziemlich verrückte Verschwörungstheorie«, befand Jane. Sie hatte es sich jetzt wieder im Schneidersitz auf ihrem Bett gemütlich gemacht und schaute sie aufmerksam an. »Und selbst wenn es wahr wäre: Was hat diese Geschichte mit deiner Anklage und den Giftmorden zu tun, die dir angelastet werden? Willst du dir selbst in den Rücken fallen und behaupten, dass Vergiften erblich ist? Oder meinst du etwa, dahinter steckt auch deine Mutter? Sie hätte doch nie im Leben ihre eigenen, vergifteten Amuse Gueules gegessen.«

»Hat sie ja auch nicht«, antwortet Karla kleinlaut. In ihrem Kopf drehte sich alles. Sie versuchte sich an den genauen Wortlaut der Postkarte zu erinnern, die Amalie an Anton Becht geschickt hatte: ›Ludwigs Mutter braucht uns, sie ist bereit zu sterben‹. Das war doch eindeutig! Sie hatte diese Zeilen in derselben Woche geschrieben, als sie ein Rezept in der Kladde mit dem Kürzel LC versehen hatte. Wenn diese Mariella nun tatsächlich in dieser Woche verstorben war, dann konnte das doch kein Zufall sein. Karla war nun sehr aufgeregt. Sie musste unbedingt heute noch mit ihrer Anwältin reden.

»Hey, sei doch nicht beleidigt«, sagte Jane jetzt versöhnlich. »Ich glaub dir die verrückte Geschichte ja. Sie ist eben nur sehr ungewöhnlich. Komm, zeig mal die Kladde her. Bin jetzt auch neugierig, was deine Mutter da so verzapft hat«. Sie war wirklich ein seltsamer Freak, aber durchaus nett, wie Karla fand. Jane schlug das Buch irgendwo in der Mitte auf, ausgerechnet eine Seite, die leicht klebte und dann fast durchriss. »Sorry«. Sie las, schaute hoch und las wieder. »Hattest du nicht gesagt, dass der Sohn von dieser Mariella auf Juist Ludwig hieß?«

Karla nickte.

Little-Jane hielt triumphierend das Buch in die Höhe. »Also hier steht seine Adresse mit Handynummer. Sieht eigentlich aus, als wäre das erst vor Kurzem hier hingeschrieben worden – mit einem Glitzerstift, wie ihn kleine Mädchen gerne benutzen ...«

Das also war die Botschaft der kleinen Holly, der es weniger um die Rezeptvermittlung, als um dieses kleine, aber wesentliche Detail ging: Ludwigs Kontaktdaten.

»Jetzt musst du wirklich deine Anwältin anrufen, Karla. Wir haben Lungo gefunden. Es gibt ihn offenbar wirklich! Und dieses

Mädchen – Holly – muss ihn getroffen haben«, rief Jane erfreut, so, als habe sie durch diese überraschende Wendung ihre eigene Freiheit bewirkt. Karla nickte, unsicher, ob das gerade nur ein Traum war. Gleichzeitig keimte ein Funken Hoffnung auf, dass bald alles gut werden würde.

***

Volker Hartwig schaute in die Runde. »Soweit, so gut. Dann an die Arbeit«, sagte er und fixierte die Uhr. Die Soko hatte sich schon vor einer Stunde im Besprechungsraum versammelt, um alle Erkenntnisse in dem Fall auf den Tisch zu legen und das weitere Vorgehen zu besprechen. Seit die Kollegin Jana Keller für kurze Zeit als verdeckte Ermittlerin in den Knast gegangen war, waren sie in dem Fall ›Amuse Gueule‹ einen ganzen Schritt weiter gekommen. Auch, wenn sie ein gewisser Skrupel plagte, weil Karla ihr von Anfang an Vertrauen geschenkt hatte, war die Aktion doch letztlich in deren Sinne: Als Little-Jane hatte sie Karla überreden können, ihrer Anwältin die Rezept-Kladde auszuhändigen und von der Postkarte aus dem Jahre 1970 zu erzählen. Die hatte man dann kurze Zeit später bei Lars Becht sicher stellen können, sehr zum Unmut seines Vaters, der sich gar nicht mehr an die früheren Zeiten erinnern wollte. Er bezichtigte den ›Mannweiler-Weibern‹ ein niederträchtiges Wesen, der verstorbenen Mutter wie der Tochter. Ihn wundere es jedenfalls nicht, wenn Karla aus lauter Egoismus und Spaß an der Freude gemordet habe – oder einfach um anderen Schaden zuzufügen. Auf Juist sei er nie gewesen, mit Amalie habe er damals kaum Kontakt gehabt. Man konnte dem alten Mann nichts vorwerfen, außer einer gehörigen Portion Unfreundlichkeit.
Holly hatte nach mehrmaligem Nachfragen vonseiten der Polizei nun doch von dem Zusammentreffen mit einem Ludwig erzählt, der sich Lungo genannt habe und unglaublich nett gewesen sei. Er habe ihr seine Höhle gezeigt und später ein Rezeptbuch geschenkt. Als sie jedoch herausgefunden habe, dass es Karlas Mutter gehörte, habe sie es der Familie zurückgeben wollen.

Dass er seine Adresse darin nieder geschrieben habe, das wusste sie angeblich gar nicht.
Alle warteten jetzt gespannt auf Veit Püschners Anruf, der den Flüchtigen gerade mit den Kollegen vor Ort auf Juist sichergestellt hatte. Das Verhör würden sie dann gemeinsam führen, verschriftlichen und an die Kollegen nach Kaiserslautern schicken. Im Polizeipräsidium hatte sich inzwischen auch eine Zeugin gemeldet, die die später ermordete Frau hinter der Marienkirche im Streit mit einem jungen Mann beobachtet hatte. Die Puzzlesteine fügten sich also nach und nach.

»Muss ich denn in den Knast zurück?«, fragte Jana. Sie mochte Karla und wollte sie nicht weiter an der Nase herumführen und ihr die Rolle der Kleinkriminellen vorgaukeln.

»Ich will nicht, dass es sich rumspricht, dass wir Undercover-Spione in die JVA schmuggeln«, sagte Hartwig. Recht war es ihr nicht, das merkte man. »Verabschiede dich wenigstens noch von ihr. Dann verlegen wir dich offiziell in die JVA Siegburg. Und du bist aus der Nummer raus.«

Er schnappte sich einen Pfirsich, der in der Obstschale neben anderen Früchten lag. Da klingelte das Telefon. »Jetzt bin ich mal gespannt, ob der Giftmischer wenigstens genug Eier in der Hose hat und seine Tat gesteht. Nur warum er dieses Massaker angerichtet hat, ist mir noch ein Rätsel.« Hartwig nahm den Hörer ab.

»Noch«, antwortete Jana Keller. »Ich bin mir sicher, dass wir das gleich erfahren werden.«

***

Meine größte Angst ist die, dass ich sie irgendwann vergessen haben werde. Ich würde alles dafür tun, dass das nicht passiert! Eine Mutter vergisst man doch nicht, man bewahrt sich ihr Antlitz im Herzen und ihren Duft für immer in der Nase. Ich habe große Angst davor, dass die Kleider im Schrank ihren Geruch nicht mehr lange konservieren können und die Parfümflasche bald endgültig verdunstet sein wird, die noch im Bad steht. Die

Angst ist vollkommen berechtigt: Ich habe ja schon den besonderen Ausdruck ihrer Augen verloren, wie sie mich anschaute, als ich klein war. Und ich habe nahezu vergessen, wie sie aussah, wenn sie aus vollem Herzen lachte. Es ist dreiundvierzig Jahre her, dass sie durch eine enorm hohe Dosis Gift starb. Selbstmord war es nicht, obwohl das in ihrer Akte steht. Sie hätte mich nie alleine gelassen, ich war ja erst sieben Jahre alt – dessen bin ich mir sicher. An dem Tag, an dem man sie tot in dem Strandkorb mit der Nummer 886 auf Höhe des Kurhotels gefunden hat, ist auch ein Teil von mir gestorben. An die ersten Stunden und Wochen nach ihrem Tod habe ich kaum noch Erinnerungen. Zu viele quälende Fragen, eine fremde Familie, dann die große Einsamkeit.

Vielleicht hätte ich ihren Tod eher verstanden, wenn ich sie noch einmal hätte sehen dürfen. So haderte ich all die Jahre und dachte bei jedem Klingeln an der Tür, dass sie es ist, die zurückkehrt. Vielleicht deshalb habe ich Juist nie verlassen – bis zu dem Tag, an dem man mir sagte, dass ich selbst bald sterben würde.

Für mich gab es noch eine Sache im Leben zu Ende zu bringen: Ich musste Mutters beste Freundin ausfindig machen, die mit ihr die letzten Stunden verbracht und sich so eilig aus dem Staub gemacht hat. Tief in meinem Inneren habe ich es immer gewusst, dass Amalie Mannweiler ihren frühen Tod verschuldet hat, aber mir fehlte Gewissheit. Ich wollte nicht von dieser Welt gehen, ohne zu wissen, was in dieser Nacht tatsächlich passiert war. Wie ein Schreckgespenst ist Amalie Mannweiler all die Jahre durch meine Träume gewandert. Ich musste sie zur Rede stellen – jetzt! Bevor es für mich zu spät war ...

Danksagung

Ganz besonders möchte ich mich bei meinen Eltern bedanken, die mich in eine so wundervolle Landschaft wie die Pfalz hineingeboren haben und mit mir die ersten Erkundungsgänge durch das Finsterbrunnertal und zum Unterhammer unternommen haben – allen voran meine Mutter, die da jeden Stein kennt.

Ein dicker Kuss geht auch an meine Oma Elfriede ›Schalom‹ Eck, die selbst heute noch mit fast neunzig Jahren ohne Punkt und Komma Geschichten erzählt – ich habe mir davon vieles abgeguckt, bemühe mich aber der besseren Lesbarkeit um Satzzeichen, wie es in Romanen ja üblich ist.

Die Pfalz ist die ideale Folie für Geschichten, vor allem dann, wenn darin der Wald und das Essen eine Rolle spielen. Dennoch habe ich mir die Freiheit erlaubt, einiges hinzu zu erfinden und vieles wegzulassen, sodass man die Höhle des Mörders oder auch die Bank hinter der Marienkirche vergeblich suchen wird. Für mich ist die Landschaft beim Schreiben nur Kulisse, wichtiger sind mir die Figuren: die selbstbewusste und dennoch im tiefen Innern traurige Karla. Amalie alias Malchen, die ihre große Liebe in der Fremde nie leben konnte. Timo, dem seine Leidenschaft durch einen dummen Zufall zum Verhängnis wird. Und Lars, den zukünftigen Forellenwirt, der seine eigenen Gefühle verrät, indem er seinen Vater zu decken versucht. Die einzige, die die Chance hat, ein erfülltes Leben zu leben, ist Holly. Fast würde ich behaupten, dass sie die Hauptrolle in der Geschichte spielt. Auch, weil sie wesentlich bei der Aufklärung des Falles hilft. Ich bin mir sicher, dass sie später mal eine begabte Köchin werden wird und vielleicht ein eigenes Restaurant eröffnen wird. Vielleicht sogar im Pfälzer Wald – wer weiß.

Da ich im Jahre 2013 das Glück hatte, das Stipendium ›Tatort Töwerland‹ zu bekommen, wurde mir die Insel Juist nähergebracht. Ich danke dem engagierten Buchhändler Thomas Koch und Inka Extra von der Villa Charlotte, dass ich zwei wunderbare, kreative Wochen auf der Insel verbringen durfte. Dort ist die Figur von Ludwig ›Lungo‹ Jansen in meinem Kopf geboren. Ein Großteil des Buches habe ich jedoch im Kölner Scriptorium zu Papier gebracht, einem wunderbaren Raum, der mir im Rahmen eines Stipendiums vom Kölner Kulturamt und der Antoniterkirche zur Verfügung gestellt wurde.

Telefonische Beratung in Sachen Kulinarik verdanke ich dem Autor und Journalisten Carsten Sebastian Henn und die köstlichen Rezepte stammen aus dem wunderbaren Buch ›Pfälzer TAPAS‹ (Leinpfad Verlag) der Kollegin Gina Greifenstein – unnötig darauf hinzuweisen, dass man die leckeren Gerichte normalerweise unbedenklich verkosten kann, wenn sie nicht gerade von mir für einen Kriminalroman missbraucht werden. Es ist ein schönes Gefühl, wenn man von Kolleginnen und Kollegen Unterstützung erfährt! Danke.

Bleibt mir noch, mich bei Angela Walz vom Polizeipräsidium Westpfalz in Kaiserslautern zu bedanken, die mich über Tatort-Arbeit aufgeklärt hat und mir einen Blick in den Alltag einer Kriminalkommissarin gewährt hat.

Der größte Dank geht an die beste Familie der Welt, namentlich Stefan, Vilém und Nelly, die mir beim Schreiben den Rücken freihalten und an Inken, meine Erstleserin und Freundin, die immer ein offenes Ohr für mich hat. Ihr möchte ich deshalb auch dieses Buch widmen.

Köln, im September 2014

Christina Bacher

Christina Bacher
© Hanna Witte

Christina Bacher, Jahrgang 1973, gründete vor einigen Jahren ›Bachers Büro‹ – eine Schmiede für Texte aller Art. Seither arbeitet sie als Chefredakteurin des Kölner Straßenmagazins DRAUSSENSEITER und berät soziale Vereine in der Öffentlichkeitsarbeit. Seit 2008 schreibt sie Jugendbücher und Ratekrimis fürs Radio und geht damit auf Lesereise. Im Jahr 2013 wurde sie sowohl mit dem Stipendium des Kölner Kulturamts in Zusammenarbeit mit der Antoniterkirche als auch mit dem ›Tatort Töwerland‹-Stipendium ausgezeichnet. Nach Stationen in Kaiserslautern, Marburg, Bonn, Montpellier und Prag lebt sie heute mit ihrer Familie in Köln.